향수의 요정

베아트리스 에제마르 지음 | 박은영 옮김

여운

L'eau du roi: Un parfum d'histoire
by Béatrice Egémar

Copyright © L'Archipel, 2012
All rights reserved.
This Korean edition was published
by Yeo Woon Corporation in 2015
by arrangement with Editions L'Archipel, Paris
through KCC(Korea Copyright Center Inc.), Seoul.

이 책은 (주)한국저작권센터(KCC)를 통한
저작권자와의 독점계약으로
(주)여운에서 출간되었습니다.
저작권법에 의해 한국 내에서 보호를 받는 저작물이므로
무단전재와 복제를 금합니다.

L'Eau du Roi

향수의 요정

베아트리스 에제마르 지음 | 박은영 옮김

여운

차 례

1674년 봄, 그라스　❋　17

1674년 6월, 파리　❋　53

1674년 6월, 베르사유　❋　63

1674년 7월, 베르사유　❋　77

1674년 7월 4일, 베르사유　❋　101

1674년 7월, 파리　❋　197

1675년 4월, 베르사유　❋　229

1675년 6월, 그라스　❋　241

부록　❋　249

옮긴이의 말　❋　254

※ 일러두기
본문에서 각주로 처리된 내용 가운데, '역주'로 표기되지 않은 부분은 저자가 직접 제시한 보충 설명에 해당한다.

1

❋　　　　　매일 아침 나는 잠에서 깨어나면 눈을 뜨기도 전에 간밤에 비가 내린 것을 안다. 부엌 화덕에 우유가 데워진 것이나 혹은 가까운 빵집에서 빵을 구운 것도 알 수 있다. 바로 내 코 덕분이다. 나는 항상 보거나 듣기 전에 냄새를 먼저 맡는다. 지금 내가 글을 쓰고 있는 이 방 안에서도 밀랍 냄새, 식은 재 냄새, 말린 라벤더 향기가 난다. 이처럼 세상이 냄새로 가득한데도 다른 사람들은 어째서 그걸 모르는 걸까?

나는 냄새를 분간할 줄 아는 특별한 재능을 가지고 태어난 행운아다. 네 살이 되던 무렵, 내가 그런 소질을 타고났다는 사실을 우리 가족이 처음 발견한 그날을 기억하고 있다.

어느 날, 아버지가 작업실에서 일하다가 귀한 육두구*를 잃어버렸는데, 엄마는 그것을 찾느라 분주했다. 그때, 마룻바닥 구멍에 박힌 육두구를 내가 찾아낸 것이다. 엄마는 깜짝 놀랐다.

---

*　역주 - 인도네시아가 원산지인 향신료로서, 16세기부터 유럽에 전해져 인기를 끌게 되었으며 열매 속에 든 흑갈색의 씨앗을 갈아서 사용한다.

"어떻게 찾았니, 잔느?"

엄마의 질문에 나는 어리둥절했다.

"냄새가 나서요. 쉽게 찾은걸요!"

엄마는 기뻐하며 아버지를 향해 외쳤다.

"앙투완, 들었죠? 우리 잔느가 조향사가 될 소질을 타고났다고요!"

부모님은 신기해서 들뜬 얼굴로 나를 유심히 바라봤다. 나는 당황해서 어리둥절했다. 내가 유별난 짓이라도 했나?

그날 이후부터 부모님은 나로 하여금 아버지가 조향실에 보관하고 있는 갖가지 좋은 냄새를 맡아보게 했다. 그들의 눈에 나는 소질을 타고난 후계자로 보였던 것이다. 이것은 부모님에게 가장 기쁘고 영예로운 일이었다.

아버지 앙투완 통바렐리는 1650년부터 그라스에서 향수와 장갑을 취급하는 상점*을 하고 있었다. 아버지의 상점은 드루와트 거리에 있는 우리 집의 1층에 자리하고 있었는데, 아주 예뻤다. 아버지의 가게는 꽤 잘 나가고 있었다. 당시 화장 분과 향수의 인기가 대단해서 유행에 민감한 사람들은 향수를 먹인 장갑이나 장미향 포마드 혹은 향초를 구하는 데

―――――

* 역주 - 절대왕정 시기에 상류층은 가죽 장갑에서 나는 동물 가죽 특유의 고약한 냄새를 싫어했다. 따라서 그러한 냄새를 없애기 위해 가죽 장갑에 향수를 먹이는 작업을 하는 장인들과 그러한 제품을 판매하는 상점들이 존재했다.

열을 올리고 있었다. 그라스는 날씨가 아주 온화한 지역이라, 우리 가족은 몇 해 전부터 향기로운 식물을 키우고 있었다. 햇볕이 잘 드는 언덕에는 장미, 패랭이꽃, 오렌지 나무, 그리고 내가 아주 좋아하는 재스민 등을 재배했다. 1632년부터는 페르시아가 원산지인 흰색의 예쁜 꽃도 심었는데, 바로 엄청나게 강렬한 향을 내뿜는 투베로즈였다. 그래서 우리가 사는 그라스는 아버지가 일하기에 알맞은 곳이었다. 하지만 안타깝게도 아버지에게는 '재능'이 없었다. 아버지는 후각이 예민하지 못했는데, 사실 조향사에게는 치명적인 약점이다.

우리는 대대로 조향사 집안이다. 우리 집안 최초의 조향사는 중세 시대의 두슬린 약제사였다. 두슬린은 로즈메리를 주성분으로 하는 향기를 만들었는데, 그 향수는 오늘날까지도 우리 가게에 많은 돈을 벌어다 주고 있다. '천사의 향수'라는 뜻의 〈오 데 장쥬〉인데, 두슬린이 자신의 애인인 안젤로 통바렐리라는 이탈리아인에게 주면서 붙인 이름이라고 한다. 두슬린은 통바렐리와 결혼했다. 그때부터 오늘날까지 우리 집안에서 보물처럼 고이 간직해 오는 물건이 하나 있는데, 예쁜 공 모양의 은세

공된 포맨더*로, 그 안에 향유 크림을 넣어 두곤 했다. 아마 페스트를 막기 위해서 그랬던 것 같다. 이처럼 냄새란 우리 집안의 역사와 다름없었다.

　두슬린의 후손들 중에서 몇몇은 '재능'을 물려받았지만 나머지는 그렇지 못했다. 할아버지는 눈을 감고도 네 가지 품종의 박하를 구별해 낼 수 있었다. 그러나 아버지는 불행히도 그런 재능을 물려받지 못했다. 아버지는 할아버지로부터 전수받은 조제법에 따라 비누와 꽃물 만드는 일을 성실히 해내는 아들이면서 나름 훌륭한 장인이기도 했다. 하지만 새로운 향수는 만들지 못했다. 반면에 아버지의 형인 시몽 삼촌은 그 재능을 타고났다. 그는 견습 과정을 마치고 나자, 곧바로 돈과 기회를 찾아 고향을 떠나 파리에서 몇 년 간 훌륭한 조향사들 밑에서 일하고 난 후, '오랑주리'**라는 상점을 열었다. 그리고 나서 삼촌은 아버지에게 그라스의 가루분과 포마드 특히 향수를 만드는데 필요한 원료들을 파리로 보내게 했다. 아버지는 장미와 오렌지 꽃을 증류하고, 투베로즈나 재스민의 에센스를 만들어서 파리로 보내는 임무를 맡게 되었다.

* 역주 - 향이 좋은 말린 꽃이나 나뭇잎 등을 넣어 옷장이나 방 안에 두는 통을 가리킴.
** 역주 - 오렌지 나무 정원을 뜻함.

삼촌은 존경심이 우러나오게 하는 신비스러운 인물이었다. 그는 정기적으로 긴 편지를 보내왔고, 아버지는 편지를 받은 날 저녁이면, 늘 가족 모임을 열어 삼촌의 편지를 읽어주곤 했다. 그것은 그야말로 의식과도 같았다. 아이들은 바닥에 쿠션을 깔고 앉았고, 엄마는 일감을 들고 의자에 우아하게 앉아 있다가 아버지가 편지의 첫 문장을 읽기 시작하면 하던 일을 잠깐씩 멈추곤 했다. 아버지는 안락의자에 자리를 잡고 앉아 편지를 펼쳐들고서 천천히 읽어 내려갔다.

"사랑하는 동생에게.
제수씨 그리고 귀여운 조카들과 함께 행복하게 잘 지내고 있겠지?
내 사업은 날로 번창하고 있단다.
어제는 오를레앙 공의 시종이 아몬드 유와 꽃물을 주문하려고
날 찾아왔단다.
네게 이 기쁜 소식을 전하게 되어 행복하다."

"오를레앙 공이 누구에요?"
프랑수와즈 언니가 물었다.
"오를레앙 공은 왕의 동생인 오를레앙 공작이시란다. 그래서 그 분을 오를레앙 공이라고 하는 거야."

엄마가 우쭐해하며 말했다.

"오를레앙 공은 향수를 엄청나게 좋아하시지."

아버지가 덧붙였다.

"왕의 동생이 우리 삼촌네 가게에 꽃물을 사러 가다니!"

쥘리는 놀라서 휘둥그레진 눈으로 소리쳤다.

"얘들아, 조용히 좀 해."

열두 살 난 조셉이 어른처럼 동생들에게 호통을 쳤다.

"너희 때문에 아버지가 말씀을 못하시잖아! 계속해 주세요, 아버지."

아버지는 목청을 가다듬었다.

"오를레앙 공의 시종은 재스민 비누의 품질이 좋다는
공작의 칭찬을 전해 주었단다.
네가 보내준 재스민 오일을 가지고 만든 비누란다."

아버지는 계속할 수 없었다. 엄마가 손뼉을 치고 동생들이 환호성을 질렀기 때문이다. 왕의 동생이 우리가 만든 향기를 좋게 평가한다는 사실에 가족 모두의 가슴이 자부심으로 가득 찼다. 아버지는 조용해지길 기다렸다가 다시 편지를 읽기 시작했다.

내 귀에는 편지 읽는 소리가 거의 들리지 않았다. 나는 꿈을 꾸고 있었다. 가발을 쓰고 분을 바른 멋진 귀족 신사들과 실크 드레스를 입고 보석으로 치장한 귀족 부인들이 향수와 포마드 향내를 맡아보기 위해 삼촌의 향수 가게˚로 밀려드는 장면을 상상하고 있었다. 그리고 파리 여인처럼 차려입고 그들에게 향수를 권하거나 응대하고 있는 내 모습도 그려 보았다.

나는 아버지 곁에서 조수들이나 견습생들과 더불어 우리 가게의 일을 열심히 돕는 생활에 만족하고 있었다. 우리 향수 가게의 이름은 원래 '키프로스 섬의 작은 새'였다. 이후 부모님은 가게를 새로 단장하고 예쁜 간판까지 새로 걸었다. '통바렐리 향수 가게'라고 공 들여 쓴 문구가 눈에 띄었는데, 재스민과 오렌지 꽃으로 장식되어 정말 근사했다.

나는 상점에서 쓸모 있는 사람이 되고 싶었다. 그래서 향기에 대한 내 열정만큼 매사에 적극적이었다. 하지만 나는 조향실에서 일하는 편이 훨씬 더 좋았다. 조향실은 바닥에서 천장까지 사면의 벽이 선반으로 꽉 차 있었다. 선반에는 접시, 여러 가지 크기의 작은 용기, 향수병, 빈병, 목재나 대리석 재질의 막자사발, 저울, 화장용 비누를 만드는 틀, 숟가

˚ 역주 - 이 당시 향수 가게에서는 향수뿐만 아니라, 가발과 포마드를 비롯하여 특히 여성용 손수건에서부터 드레스와 옷 속에 넣는 향주머니, 가루분, 연지, 크림, 화장대를 덮는 탁자 보, 향초와 실내 방향제에 이르기까지 아주 다양한 제품을 취급했다.

락, 주걱 등이 놓여 있었다. 또한 화덕과 구리 재질의 커다란 수반에다 값비싼 증류기까지 있었다.

    나는 마치 애인에게 마음이 끌리듯 조향실이 좋았다. 그래서 아주 어릴때부터 아버지가 일하는 모습을 지켜보는 것이 즐거웠다. 그러다가 내가 직접 향을 다룰 수 있게 되면서 아버지를 돕기 시작했다. 나는 창고에도 들어갈 수 있게 되었다. 그곳은 언제나 다양한 형태의 작은 용기들과 향수병들 그리고 상자들로 가득 차 있었다. 우리는 냉침 법*이라 불리는 섬세한 작업을 위해 정원 뒤쪽에 있는 작은 건물도 이용했다. 꽃향기는 열에 쉽게 사라지기 때문에, 냉침 법을 이용하면 재스민이나 투베로즈처럼 증류하기 힘든 연약한 꽃들도 다룰 수 있었다.

    조향 작업의 과정은 이랬다. 먼저, 나무 재질의 커다란 틀 위에 천 조각을 펼쳐 두고, 그 위에 기름이나 방 기름**을 얇게 펴 바른다. 조향사마다 기호가 다르긴 하겠지만, 기름은 되도록이면 향이 없어야 한다. 이렇게 기름을 칠한 천에다 갓 따온 꽃을 하나씩 조심스럽게 올려놓는다. 여기까지 마치고 나면, 나무틀을 하나씩 위로 죽 쌓아놓고 12시간을 기다

---

*   역주 - 담금질로 꽃향기를 기름에 스며들게 하는 향수 제조법.
** 방 기름은 아시아와 아프리카에서 자라는 열대 수목인 모렌가의 씨앗을 주성분으로 한다.

린다. 그런 다음, 꽃향기가 배인 기름을 추출하기 위해 천을 짜면 된다.

  이러한 과정이 내게는 마치 고문과도 같았다. 내가 꽃을 다루는 일을 좋아하는 건 맞지만, 향수를 만들기 위해서는 엄청난 양의 꽃이 필요했는데, 특히 투베로즈로 향수를 만들 때면 그 향이 워낙 독해서 너무 괴로웠다. 두세 개의 나무틀을 가득 채우고 나면, 두통과 구토증으로 몹시 힘들어 하며 서둘러 빠져나오곤 했다.

  이러한 과정들을 겪어본 나는 향기라는 것이 사람의 기분을 좋게 하기보다는 오히려 불쾌감을 줄 수 있으므로, 신중하게 다루어져야 한다는 사실을 자연스럽게 배울 수 있었다.

  그라스의 거리에서는 신선한 공기를 맡을 수 없었다. 시내 한복판에는 몇몇 유명한 무두질 공장들이 있었는데, 무두질 과정에서 부패하는 가죽 때문에 메스꺼운 냄새가 났다. 게다가 골목길에서는 오줌 냄새와 튀김 냄새가 진동하고, 시장에서는 지독한 악취가 풍겼는데, 정육점에서 흘러나온 피가 고인 웅덩이 바닥에서 생선 찌꺼기와 야채가 썩는 냄새였다.

  그러나, 성벽을 넘어 언덕에 이르는 길로 나서면 전혀 다른 세상이 펼쳐졌다. 우리 가족은 재스민이나 오렌지 꽃이 피었는지 보기 위해 언덕길에 자주 올라, 들판의 공기를 마음껏 들이마셨다. 공기는 가벼웠고 야생 식물과 대지와 돌 그리고 나무껍질들은 오묘한 향내를 머금고 있었다. 꽃이 핀 들판은 환희 그 자체였다. 수많은 장미와 패랭이꽃은 청명한 하늘을 배경 삼아 놀라운 장관을 이루고 있었다. 나는 이 멋진 풍경에 가득 찬 향기에 도취한 나머지 넋이 나간 사람이 되곤 했다. 마치 꽃들 한가운데에서 헤엄치고 그 향기에 목욕을 하다가 취한 기분이었다. 다채롭고 향기로운 냄새가 가득한 이 비옥한 정원이야말로 천국인 것만 같았다.

나는 어려서부터 조향실에서 제법 쓸모가 있는 아이였다. 처음에는 낟알을 빻고, 라벤더 향주머니를 채우고, 작은 용기나 향수병들에 향수를 담는 일 등, 아이가 해낼 수 있는 간단한 일을 혼자서 해냈다. 그러다 어느 날부턴가, 향수와 포마드에 대한 나의 의견을 말할 수 있는 기회를 얻게 되었고, 증류법의 섬세한 기술도 익혔다. 하지만 나는 증류기나 증류 솥에는 별로 관심이 없었다. 물론 그런 기구들은 꽃물과 증류액을 얻는 데에는 쓸모가 있다. 그러나 나는 향기를 추출하는 일이 아니라그것을 '다루는' 것에서 즐거움을 느꼈다.

조향사가 알아야 하는 모든 것을 익히게 되자, 나는 아버지에게 감사의 말을 건네고 싶은 마음이 앞섰지만, 반면에 한증막이라 불릴 만큼 온도가 엄청나게 높은데다 까다롭고 힘든 작업을 내게 요구했던 조향실을 떠나며 안도의 한숨을 쉬었다. 향유 크림을 제조하는 일이 내게는 가장 재미있었다. 곧이어 손을 매끈하게 하는 크림, 아몬드 오일로 만든 주름 방지용 크림, 재스민 향이 나는 립밤을 만드는 법도 배웠다.

그러다 보니 어느새 미래의 윤곽이 머릿속에 선명하게 그려졌다. 그래, 조향사가 되는 거야!

1674년 봄, 그라스

2

내가 열네 살이 되던 해에 아버지는 삼촌과 사업에 대해 의논하기 위해 6월 내내 파리의 삼촌네서 보낼 예정이었다. 그런데 4월쯤, 아버지는 삼촌으로부터 편지 한 통을 받고서 몹시 곤혹스러워했다. 아버지는 저녁 식사 후, 우리 모두 앞에서 큰소리로 해오던 낭독 의례를 생략하고 방 안에 틀어박혀 있었다. 30분쯤 지나 방에서 나오더니, 삼촌의 요청에 따라 내가 아버지와 함께 파리에 가게 되었다고 엄숙하게 알렸다.

나는 기쁨을 감출 수 없었다. 내가 파리에 가게 되다니! 파리의 상점들과 거리를 거니는 우아한 사람들 그리고 틀림없이 루브르와 튈르리 궁전도 보게 되겠지! 하지만 엄마는 한숨을 내쉬며 의외의 반응을 보였다. 길고도 험한 여행이 될 것이며, 내 또래의 여자 아이는 엄마와 떨어져서는 아무 것도 할 수 없다는 것이다. 엄마가 비난의 뜻이 담긴 손가락질을 하자 아버지는 각오를 단단히 하고 있는 것 같았다. 그런데 삼촌이 어째서 나한테 관심을 갖게 되었을까?

"난 당신의 형이 우리 잔느를 데려오라고 한 이유를 안다고요! 당신은 잔느가 재능이 있다고 형한테 말했을 테지요! 그런 거죠?"

"그런데 말이지, 마리, 형은 오래전부터 그걸 알고 있었어. 형이 우리 딸의 재능에 매우 관심이 많은 건 사실이라고."

내가 귀를 쫑긋 세우자 아버지는 '그래, 아주 굉장히'라는 말을 되풀이했다. 아버지는 우쭐하면서 삼촌의 향수 가게가 대단히 유명해서 귀족들과 특히 '지체가 매우 높으신 부인' - 아버지는 정말 과장되고 묘한 말투로 이렇게 말했다. - 에게 장갑을 비롯해 가루분과 향수를 댄다고 했다. 삼촌이 성공을 위해 자신을 희생하며 일에 짓눌려 살고 있으므로, 내가 그에게 도움을 줄 수 있을 것이라 여기고 있다는 것이다. 삼촌의 친분과 명성에 힘입어 내 앞날이 열릴 것이며, 내가 파리에서 몇 주를 보낼 수 있는 절호의 기회인데다가, 다시 가족의 품으로 돌아올 때에는 우리 가족에게 엄청난 이익과 명예를 가져다 줄 것이라는 아버지의 주장에 우리는 온통 넋을 잃고 말았다. 엄마도 마침내 받아들일 수밖에 없었다.

나는 매우 초조한 마음으로 떠날 날만 세었다. 처음으로 무슨 일을 해도 즐겁지가 않았고, 엉뚱한 실수를 저지르기도 했다. 동생들은 줄곧 달라붙어 내가 파리로 가는 일에 대해 쉴 새 없이 물어 댔다. 그래서 나는 짜증을 내면서 야단을 쳤다. 그러자 막내 쥘리가 울기 시작했다. 쥘리는 몹시 불안해했다. 그 아이에게 파리는 세상의 끝이자 차갑고 거대한 도시이며, 프로방스어가 통하지 않는 곳이기 때문이다. 나는 반드시 편지를 쓰겠노라고 쥘리와 약속했다. 편지는 쥘리에게 글쓰기를 연습할 좋은 기회가 될 것이다.

우리는 삼촌의 상점에 가져갈 물건들을 준비해야 했다. 삼촌은 우리에게 오렌지 꽃물 두 병, 담배를 향기롭게 하는 에센스, 〈오 데 장쥬〉 여러 병, 열두 개들이 화장용 비누 열다섯 상자 이상, 재스민 에센스 40리브르, 레몬 에센스 20리브르, 오렌지 향 목욕 오일 20리브르, 백리향 에센스 20리브르, 라벤더 에센스 20리브르, 로즈메리 에센스 20리브르, 투베로즈 오일 20리브르, 호박 농축액 20리브르를 주문했다. 삼촌은 또한 재스민 향, 투베로즈 향, 노란 오렌지 꽃 향, 하얀 오렌지 꽃 향, 제비꽃 향, 장미향 등의 포마드도 가져오라고 했다.

나는 아침부터 저녁까지 물품의 목록을 작성하고, 라벨을 붙이고, 여러 가지 작은 용기들과 향수병들과 빈병들을 세고 또 세었으며, 밀짚을 넣고 천으로 누빈 상자를 만들었다. 이렇게 많은 일을 처리하다보니 시간이 정말 빨리 지나갔다.

드디어 출발할 날이 되었다. 우리는 아주 감동적인 작별 의식을 치렀다. 엄마의 눈가는 눈물로 촉촉해져 있었고 동생들도 나와 이별의 포옹을 나누기 위해 평소보다 일찍 일어나 있었다. 나는 너무나 행복한 나머지 장차 닥칠 일들에 대해서는 아무런 생각도 없었다.

파리로의 여정은 마치 탐험과도 같았다. 그라스에서 수 노새를 타고 프레쥐스로 간 다음, 그곳에서 다시 왕궁 우편물 수송 마차*를 타야 했다. 그래서 나는 강렬한 햇빛을 피하기 위해 커다란 밀짚모자로 얼굴을 가린 채 여행 첫날을 보냈다. 노새 주인이 굴레를 쥐고 있었기에 나 혼자서도 충분히 타고 갈 수 있었다. 그라스에서 프레쥐스까지 가는 길은 끔찍했다. 좁고 울퉁불퉁한 길에 바퀴의 홈이 여기저기 나 있었다. 더욱이 경사가 급한 내리막길에서는 장화가 자꾸만 미끄러져 내리는 바람에 몸이 후들거렸다.

해질 무렵이 되어서야 숙소에 도착했다. 비록 녹초가 되었지만 멋진 쉼터에 도착하니 기분은 매우 좋았다. 우리는 여인숙에서 하루를 묵었고, 아버지는 새벽에 일어나 짐을 꾸렸다. 나도 일찍 일어나서 부지런히 아버지를 도왔다. 여인숙 앞 광장에서는 마차가 우리를 기다리고 있었.

우리가 탄 커다란 마차는 승객 열여섯 명과 그들의 짐까지 실을 수 있

---

* 처음에는 행정 우편물을 실어 나르는 데 쓰이는 마차였으나, 점차 대중교통 수단으로 자리잡으면서 합승마차라고 불리게 되었다.

1674년 봄, 그라스

었다. 네 명의 여행객들이 우리와 같은 자리에 앉았다. 매우 수척하고 나이 많은 성직자와 몹시 뚱뚱한 부르주아 부부 그리고 가발을 쓴 귀족이었다. 의자의 가죽이 몹시 닳고 속이 없어져 딱딱하긴 해도, 전날 고된 하루를 보냈기에 앉을 수 있는 것만으로도 좋았다. 하지만 마차가 흔들리기 시작하자, 몸이 자꾸만 앞쪽으로 쏠리는 바람에 간신히 다시 자리를 잡곤 했다. 마차는 느려 터진데다가 덜컥거릴 때마다 몸이 튀어 올랐다.

성직자는 책을 펼쳐 놓더니 그 속에 코를 박았고, 부르주아 남자는 눈을 감고 잠을 잘 포즈를 취하고 있었다. 그의 부인은 호기심에 찬 눈으로 내 얼굴을 뚫어지게 바라보고 있었다. 나는 눈을 피했지만 때는 이미 너무 늦었다. 그녀가 적극적으로 말을 걸어오는 바람에 나는 부인의 일상적인 근심거리에 관한 기나긴 이야기를 들어주어야 했다. 조금도 궁금하지 않았지만, 나는 그녀의 많은 아이들과 마침 입을 벌린 채 코를 골며 자고 있는 남편의 성격에 대해 많은 것을 알게 되었다. 마차에서는 땀 냄새와 먼지 냄새뿐만 아니라 발 냄새와 오래된 가죽 냄새마저 났다. 나는 라벤더 향이 나는 작은 손수건으로 코를 가렸다.

여정은 23일이나 계속되었다! 우리는 엑상프로방스와 아비뇽에 얼마간 머물렀다. 마차는 론 계곡을 거슬러 리옹에 이르렀고, 마콩, 디종, 옥

세르를 거쳐 파리를 향해 달렸다. 마차도 여러 번 갈아타야 했는데, 가지고 간 값비싼 물품을 도난당할까봐 매번 우리가 묵는 방에 짐을 두는 바람에, 여행 가방과 바구니로 둘러싸인 불편한 침대에서 새우잠을 자야 했다. 마차가 론 강을 두 번 건너는 동안 바퀴 하나가 부서지고, 짐을 하나 잃어버렸고 암탉 한 마리가 치여 죽었다. 암소 떼, 군인들, 농부들, 호화로운 사륜마차와 마주치기도 했다.

나는 말이 좋아 '방'이지 실은 곳간이나 다름없는 곳 아니면, 말에 붙어 있던 벼룩으로 더렵혀진 간이침대에서 잠을 자야 했다. 그러다 간혹 운이 좋으면 나 말고는 어느 누구도 손을 대지 않은 제대로 된 침대에서 잘 수 있었다. 우리에게 잠시 쉼터가 되어 주었던 마을에서 구한 날달걀, 바짝 마른 햄, 덜 구워진 빵을 먹었고, 맛이 영 찜찜한 스튜와 포도주, 뜨겁지도 시원하지도 않아 미적지근한 물과 맥주를 마시며 견뎌 냈다.

우리와 함께 타고 있던 세 명은 아비뇽에서 내리고, 대신에 여섯 명이 새로 탔는데, 그들과 함께 탄 두 아이들은 몹시 성가시게 굴었다. 마차의 한가운데는 짐 가방들과 바구니로 들어차서, 열한 명이 서로 촘촘하게 달라붙은 채로 리옹에서부터 파리까지 가야 했다.

어떠한 불편함도 묵묵히 잘 견뎌내는 아버지의 모습은 참으로 놀라웠다. 내가 침대의 매트에 붙어 있던 벼룩에 물렸을 때, 아버지는 그런 경우에 대비해서 손수 만든 연고를 담은 작은 통을 화장품 가방에서 꺼내어 내게 내밀었다.

"물린 부위에 이걸 발라라. 아주 잘 듣는단다."

정말 아버지 말대로 되었다. 이틀이 지나자 물린 데가 괜찮아졌다. 아버지는 내게 라벤더 꽃물도 주었는데, 우리가 머무는 거의 모든 방들마다 피어 있던 곰팡이 냄새나 땀내와 같은 악취를 제거하는데 매우 효과적이었다.

5월 말, 마침내 파리에 도착했다. 나는 행복했지만 동시에 지쳐 있었고, 몹시 더러워졌지만 그럼에도 삼촌과 숙모를 만나고 싶은 마음에 조바심이 났다. 삼촌 부부는 생제르맹 록세루와 교회 근처에 자리한 향수 가게의 이층에서 살았다. 우리는 센느 강을 건넜다. 라르브르섹 거리에 도착하기 전에 루브르 궁이 눈에 들어왔다. 나는 하나라도 놓치지 않으려고 마차의 창문에 달라붙어서 바깥 풍경을 구경했다.

라르브르섹 거리에는 온갖 종류의 상점들이 있었다. 하지만 삼촌의 상점이 역시 가장 예뻤다. 가게의 진열대에는 조각이 새겨진 크림색 나무에 널찍한 유리가 끼워져 있었고, 문에는 작은 오렌지 꽃다발로 장식된 간판이 걸려 있었다. 나는 마차에서 내려 계단에 멈추어 섰다. 문이 열려 있었다. 나는 처음으로 삼촌과 마주했다.

3

삼촌은 우리를 맞이하고는 곧이어 아버지를 와락 끌어안았다. 그러는 동안 하인들은 우리 짐을 풀어놓았다. 나는 위엄이 느껴지는 삼촌을 유심히 관찰했다. 삼촌은 큰 어려움 없이 잘 지내온 사십대 남자로 보였다. 얼굴에는 신선한 분홍빛이 돌고 있어 건강해 보였다. 그는 아버지와 많이 닮았지만, 삼촌에게서는 활기찬 기운뿐만 아니라 아버지에게는 부족한 쾌활함까지 느껴졌다. 두 분이 포옹을 마치자, 삼촌은 나를 빤히 보았다.

"네가 바로 이름만 듣던 잔느로구나. 매력적인데! 마르트, 이리 와서 우리 조카를 봐요!"

내가 감사의 인사를 떠듬거리고 있을 때, 숙모가 계단을 내려왔다. 숙모는 나를 보더니 탄성을 지르며 포옹했다. 하지만 삼촌보다 열의는 부족했다. 숙모는 키가 꽤 작고 통통하며, 능숙한 솜씨로 곱슬곱슬하게 지진 붉은색에 가까운 밤색 머리를 하고 있었다. 그녀는 진한 빨강과 크림색의 줄무늬가 있는 멋진 새틴 드레스를 입고 있었다. 나는 단박에 숙모가 뿌린 감미로운 제비꽃 향내를 맡을 수 있었다. 또한 그녀에게서 레몬과 아몬드 오일 냄새도 났는데, 아마도 상점에서 숙모가 하고 있는 일 때문인 것 같았다. 숙모는 2층으로 나를 안내했다. 삼촌의 향수 가게가 빨리 보고 싶은 마음에 나는 서둘러서 짐을 풀고 몸을 씻었다.

    그곳은 나와 같은 풋내기 조향사의 눈에는 마법의 장소로 보였다. 선반에는 장식이 새겨진 작은 도자기 그릇, 가발 상자, 포도주병, 비누, 방향제가 층층이 놓여 있었다. 나는 선반에서 발견한 〈오 데 장쥬〉가 몹시 반가웠다. 또한 고급 가죽을 씌운 작은 상자, 금빛으로 장식된 작은 유리병, 수채화가 그려진 장갑 보관함 등, 온통 신기하고 화려한 물건들 뿐이었다. 하지만 진열장 그 자체도 근사했다.

    향기가 사방에서 나를 자극했다. 향수를 먹인 가죽, 밀랍, 제비꽃, 장미, 아이리스와 레몬 등이 어우러진 향기, 사향과 사향고양이의 향과 같은 동물들의 향취…. 사탕을 받았을 때 막내 동생 쥘리가 그랬던 것처럼 나도 들뜬 마음으로 구석구석을 살펴보았다.

    가게의 문이 열리자, 삼촌은 아버지와 나누던 이야기를 중단하고 막 들어온 남자에게로 향했다. 그는 누가 봐도 지체 높으신 분이었다. 실크 스타킹을 신고 수를 놓은 옷을 걸치고 있었고, 2인용 가마가 그를 대기하고 있었다. 그가 온 이유는 분 냄새가 나는 곱슬곱슬한 가발 때문이었다. 그가 머리카락에 재스민 향이 나는 분을 바르고 싶다고 말하자, 삼촌은 그에게 파란색 종이로 예쁘게 싼 가발 상자를 보여 주었다.

손님이 나가자, 삼촌은 내게 물었다.

"잔느, 분 냄새를 한번 맡아보겠니?"

나는 기꺼이 그러겠다고 했다. 삼촌은 코르크 마개로 잘 밀봉된 단지를 벽장에서 꺼냈다. 그리고는 내게 가루에서 나는 냄새를 맡아보게 했다. 장미 가루였다. 나는 잠시 머뭇거렸다.

"왜 그러니?"

나는 몹시 난처했다.

"삼촌, 미안한 말씀이지만, 이게 정말로 최고급 분인가요? 방금 다녀간 귀족이 사간 것과 같은 건가요?"

삼촌은 나를 물끄러미 바라보았다.

"잔느, 네 생각은 어떤데?"

삼촌의 태도가 달라졌다. 처음 만났을 때 그에게서 느꼈던 넉넉함을 더는 느낄 수 없었다. 그럼에도 나는 솔직하게 말하기로 마음먹었다.

"약간 곰팡이가 슬은 냄새가 났어요. 마치 꽃을 가루분에 너무 오래 방치시켜 둔 것 같은 그런 냄새 말이에요."

나는 머리카락을 향기롭게 해주는 가루분 냄새에 익숙해 있었는데, 실은 아주 간단히 만들 수 있는 것이라서 11살 때부터 이미 그 일을 해왔던 것이다. 약간의 밀 전분에 꽃을 넣은 혼합물을 섞은 후, 단지에 넣

1674년 봄, 그라스

어 그늘진 곳에 며칠간 두어야 하는데, 이는 향기가 배어들도록 숙성시키기 위한 과정이다. 하지만 습한 날씨에 꽃을 따거나 혼합물을 너무 많이 섞게 되면, 가루분에 곰팡이가 슬게 된다. 특히 오렌지 꽃이나 장미의 경우가 그렇다. 만약 꽃을 제거하고 갓 따온 꽃을 가루분에 넣기 전에 축축한 덩어리를 제거한다면 괜찮을 것이다. 조금 전, 내가 맡은 분은 확실히 질이 떨어졌다. 나라면 그냥 버렸을 것이다.

삼촌은 나를 진지하게 바라보며 말했다.

"훌륭하구나, 잔느. 네 아버지가 너의 능력을 부풀려 말하지는 않았구나. 그렇다면 너는 꽃이 얼마나 필요하고, 혼합물을 얼마나 오랫동안 숙성시켜야 하는지도 말할 수 있겠니?"

"물론이죠. 재스민 향 가루분을 만들기 위해서는 전분 20리브르와 재스민 꽃잎 1000장이 들어요. 상자에 가루분 한 겹을 깔고, 꽃잎을 하나씩 섞되 서로 포개지지 않도록 가루분에 꽃을 섞어야 해요. 그리고는 다시 가루분과 꽃잎을 한 겹씩 더 깔고는 재료가 다 소진될 때까지 같은 과정을 반복하는 거죠. 반죽에 손대지 않고 하루 동안 방치한 후에 단지의 뚜껑을 열어서 꽃을 제거하고 신선한 재스민 잎 1000장을 깔아야 해요. 그리고는 같은 작업을 사흘간 반복해야 해요. 장미 가루분이나 황수선화 가루분을 만들기 위해서는 반대로…."

삼촌은 감격한 나머지 내 말을 자르고, 제법 많이 알고 있다고 말하며 나를 칭찬해 주었다. 나는 마치 어려운 시험을 통과한 사람처럼 가슴이 뿌듯했다.

✼

나는 삼촌의 향수 가게와 그곳의 작업 분위기나 환경이 어떤지 궁금했다. 삼촌은 가게에 네 사람을 고용했는데 조수와 조향사 견습생들이었다. 상점 뒤에는 향유 크림과 향수를 제조하기 위해 마련된 조향실이 있었고, 뜰 뒤편에는 증류 작업을 비롯하여 그라스나 이탈리아에서 보내온 향료를 보관하는데 쓰이는 또 다른 공간이 있었다.

숙모는 한 여자의 보조를 받으며 바느질을 하고 있었다. 자그마하지만 매우 환한 방에서 향수를 먹인 가죽으로 겉을 감싸고 속을 넣은 후, 타프타로 안감을 대어 가발 보관함을 만들었다. 그리고는 마찬가지 방법으로 리넨 제품을 넣을 상자도 만들었다. 숙모는 손놀림이 유연해서 이런 섬세한 작업을 아주 잘했다. 일손이 부족할 경우에는 상점에서 판매 일도 거들었다.

나는 삼촌에게 무슨 일을 하면 좋을지 물어보았다. 그는 향유 크림을 다루는 일을 내게 맡겼다. 그것은 밥티스트가 하던 일이다. 밥티스트는 나와 시선을 마주칠 때마다 얼굴이 발그레해지는 적갈색 머리의 야윈 청년이다. 그는 수줍어하거나 초조해하는 사람들에게 추천할만한 시큼한 향을 추출했다. 나는 앞치마를 두른 후, 그가 무엇을 하고 있는지 물었다.

"손수건을 만들고 있는 거야."

그가 대답했다.

내가 어리둥절해하자 밥티스트는 피부가 민감한 사람들은 얼굴이나 손을 닦을 때, 손수건이나 리넨에 오렌지 꽃물이나 향수를 적셔 닦은 후 말린다고 했다. 그리고 세수를 할 때는 피부를 문질러주기만 하면 된다고 했다. 손수건이 기발한 물건인 것은 맞지만 약간 투박했다. 그래서 아주 까다로운 사람들은 훨씬 더 섬세한 '비너스의 손수건'을 주문한다고 했다. 정말 놀라웠다.

"정말 예쁜 이름이네요!"

"그래?"

나는 그저 여신의 이름을 언급했을 따름인데도 마치 표현하기 민망한 상상이라도 한 듯 밥티스트는 얼굴을 붉히며 말했다.

"그건 만들기가 무척 까다로워."

"난 복잡한 조향법을 아주 좋아하는 걸요! 가르쳐주세요, 밥티스트."

밥티스트의 설명에 따르면, 비너스의 손수건은 특별한 조제액이 배인 천 조각이었다. 우선 백포도주에 아라비아 고무와 기타 재료들을 넣고 우려낸 다음 우유, 레몬, 정향, 신선한 달걀 껍질, 식초 등을 첨가해야 했다. 그러나 그중 어떤 재료도 내게는 흥미롭지 않았다.

"그리고는 손수건을 그 혼합물에 담그면 되나요?"

나는 짐짓 놀라움을 감추며 물어보았다. 적갈색 머리의 밥티스트는 화가 나서 나를 바라보았다.

"물론 아니지! 거세된 수탉을 넣은 후에 그 혼합물을 일단 증류해야지!"

나는 내 귀를 의심했다.

"거세된 수탉이요? 가금류 말인가요?"

"그래! 거세된 수탉을 한 마리 넣고 혼합물 전체를 증류해야 해. 그러고 나서 이 조제액에 손수건을 담근 후, 그늘에서 아주 천천히 말리는 거야."

나는 터져 나오려는 웃음을 가까스로 참았다.

"거세된 수탉, 백포도주, 정향…, 그런데 밥티스트 씨, 거기서 스튜 냄새가 나지 않을까요?"

"전혀 안나."

기분이 상한 듯 그가 말했다.

밥티스트는 내게 그것의 효능을 설명하면서 근사하고 조그마한 손수건을 내 코앞에 내밀었다. 그때 등 뒤에서 무슨 소리가 들렸다. 문이 막

닫히려는 순간, 삼촌의 얼굴이 살짝 보였다. 삼촌은 내가 밥티스트에게서 배우는 것을 보고 좋아하는 것 같았다.

4

파리에서 보내는 처음 이틀간 나는 몹시 들떠 있었다. 나는 하루 일과를 대개 상점과 조향실에서 보냈다. 나는 모든 것을 보고 느끼고 배우고 싶었다. 그래서 삼촌이 한가한 틈을 타 질문을 던지곤 했다.

'오랑주리'에서는 아름다워지고 싶은 여자들을 위해서 피부를 희게 하는 미백 로션이나 이마 띠처럼 다양하고 섬세한 기술로 만든 제품을 많이 취급하고 있었다. 특히 수면용 모자는 흰 천을 장미 꽃물에 우려낸 후, 밀랍과 호박 기름으로 된 포마드를 덧칠한 머리쓰개이다. 밥티스트는 잠자리에 들기 전에 이마 띠와 머리쓰개를 착용하면 밤사이 피부가 부드러워지고 주름도 방지할 수 있다고 자신 있게 말했다. 그는 기름을 바른 수면용 장갑을 만드는 방법도 가르쳐 주었다. 가죽으로 만든 장갑인데, 밀랍과 돼지기름과 레몬을 넣어 만든 크림을 덧칠한다고 했다.

삼촌은 또한 '누렇게 변한 이빨을 양치하는 물', 립밤, 이쑤시개, 입 냄새를 제거하는 드라제와 트로치, 멋쟁이들을 위한 이 닦는 산호 막대기 등도 팔고 있었다! 뿐만 아니라 수염을 매끄럽게 하는 포마드, 편지나 문서를 봉인하는데 쓰이는 향초, 향료 단지, 백단 나무나 서양 삼나무로 만든 향기 나는 상자, 장미향과 제비꽃 향이 나는 종이도 있었다.

삼촌은 자신이 만든 〈공작의 향수〉와 〈귀족의 향수〉, 〈동양의 향기〉를 맡아보게 해주었다. 모두 훌륭한 향수들이지만 내게는 너무 독하게 느껴졌다.

사흘째 되던 날, 나는 마침내 수없이 많은 향수병들로부터 잠시 벗어나서 파리 시내를 둘러보기 위해 외출하기로 했다. 함께 간 숙모가 나를 데려간 곳은 루브르 궁이었다. 나는 루브르 궁의 웅장함과 아름다움에 감탄했다. 숙모는 생제르맹 록세루와 교회의 뒷골목으로도 나를 데려갔다. 정말 놀랍게도 그곳에서는 남부지방 특산품들을 팔고 있었고, 표준 프랑스어뿐만 아니라 프로방스어도 들렸다. 숙모는 로크포르산 치즈와 올리브 그리고 멸치를 샀다. 말린 백리향과 올리브유와 비누의 냄새를 맡자, 어느덧 그라스의 골목길이 내 눈앞에 아른거렸다.

다음으로 우리는 라르브르섹 거리로 되돌아가서 우리가 산 물건을 내려놓기 위해 잠시 향수 가게에 들렀다가 다시 생토로네 거리로 향했다. 다시 칠한 지 얼마 되지 않아 보이는 연회색 내장재로 화려하게 장식된 상점 하나가 눈에 띄었다. 그곳이 향수 가게라는 것을 나는 직감할 수 있었다. 사향고양이의 향과 오렌지 꽃향기와 사향의 냄새가 났는데, 간판을 보니 역시 내 예감이 적중했다. 간판에는 금색 글씨로 다음과 같이 적혀 있었다.

왕궁 조향사 마르시알
각종 향수 및 특제 미백용품과 에센스 크림 판매

"숙모, 혹시 이 향수 가게의 주인을 아세요?"

숙모는 내 곁으로 다가와 소근소근 말했다.

"물론이지! 마르시알은 파리에서 가장 유명한 조향사였어. 왕은 마르시알이 향수를 만드는 모습을 직접 보고 싶어 했단다."

"왕이요?"

"그렇단다. 왕은 그의 어머니가 그랬듯이 대단한 향수 애호가란다. 그러다 보니 궁의 모든 사람들도 자연스레 그를 따라 하게 되었지! 그 덕에 마르시알은 대단한 부자가 되었고, 그의 명성은 국경 너머까지 자자했단다."

"숙모는 모든 것을 마치 다 지난 일처럼 말씀하시네요. 그럼 마르시알 씨는 이미 세상을 떠났나요?"

"안타깝게도 그렇단다. 벌써 4년이나 지난 일이네. 마르시알 씨는 나이가 많았거든. 정말 슬픈 이야기란다. 결석이 생겼는데도 그는 수술할 생각을 하지 못했어. 하지만 나중에는 너무 고통스러워서 결국엔 수술을 받기로 결심했지. 난로 앞에 앉아서 의사를 기다리는 동안 너무 불안한 나머지, 그는 자기 슬리퍼가 타는 줄도 몰랐던 거야. 그런 사고를 겪게 되자 그는 몹시 겁에 질렸단다. 무사히 수술을 받은 후, 침대에서 쉬고 있었는데 불똥이 그만 그의 이불에 튀었던 거야. 그는 첫 번째 사고가 일어난 지 사흘도 되지 않아 또 다시 연기가 피어오르는 것을 보고는 극심한 공포에 시달리다가 죽고 말았단다."

"그의 아들이 그런 짓을 벌인 걸까요?"

"결국은 그렇게 된 셈이지."

숙모는 내 귀에 대고 속삭였다.

"하지만 장 샤를 마르시알은 아버지의 재능을 물려받지 못했어. 너도 곧 그를 만나게 될 거야. 그가 며칠 후에 저녁 식사를 하러 우리 집에 오기로 했거든."

 가마 한 대가 마르시알의 상점 앞에서 멈춰 섰다. 어느 부인이 실크 자락의 살랑대는 소리를 내며 가마에서 내렸다. 그녀는 드레스 위에 타프타로 지은 진녹색 망토를 걸치고 있었는데, 시선을 피하려는 듯 베일로 얼굴을 가리고 있었다. 나는 희고 포동포동한 그녀의 손가락에서 반짝거리는 다이아몬드 반지를 보았다. 재능이 있든 없든 간에 마르시알에게는 아주 특별한 고객이 있었던 것이다.
 "자, 안으로 들어가자."
 숙모가 말했다.

 하지만 나는 그 자리에서 꼼짝도 않고 있었다. 방금 내 코가 알 수 없는 어떤 냄새를 맡았기 때문이다. 거리에 널린 똥의 악취와 마르시알 상점에서 흘러나오는 감미로운 냄새 틈 사이로 느껴졌는데, 부드러우면서도 진하고 약간 톡 쏘면서도 계피 향이 섞인 것 같은 달콤한 냄새였다.
 "숙모, 이 이상한 냄새는 뭘까요?"
 "어떤 냄새 말이니?"
 숙모는 놀라서 물었다.

"거리에서 풍기는 악취가 너무 심해서 마르시알 상점에서 나는 오렌지 꽃향기 말고는 아무 냄새도 맡지 못하겠는 걸."

"계피를 살짝 뿌린 벌꿀과 따뜻한 시럽을 연상시키는 냄새에요."

"오! 뭔지 알겠다. 그건 말이다, 다비드 샤이유 가게의 초콜릿 냄새란다."

숙모는 조금 떨어져 있는 라르브르섹과 셍토로네 거리의 교차로에 있는 어느 상점을 손으로 가리켰다. 상점의 쇼윈도는 연한 녹색으로 칠해져 있었고, 간판에는 다음과 같이 적혀 있었다.

다비드 샤이유

왕의 특허로 초콜릿 제작 및 판매

초콜릿 음료 판매점

초콜릿이라…. 나는 아메리카 대륙으로부터 온 그 이상한 먹거리에 대한 이야기를 들은 적이 있다. 왕비가 초콜릿을 몹시 좋아한다는 소문 말이다. 초콜릿은 아직 구경도 못했지만, 귀하고 값비싼 그것을 마셔 보거나 와작와작 씹어 먹어 본 적은 더더욱 없었다.

"초콜릿 맛 한번 보고 싶지?"

"네, 숙모. 정말 맛보고 싶어요. 고맙습니다!"

1674년 봄, 그라스

우리는 내 호기심을 자극했던 신기한 냄새가 감도는 상점 안으로 들어갔다. 숙모는 초콜릿 두 잔을 마실 수 있는 지 물었다. 예쁜 점원 아가씨가 롬므 씨를 불러오겠다는 말을 던지곤 사라져 버렸다. 나는 가게를 향기롭게 하는 맛있는 냄새를 음미하면서 천천히 그곳을 관찰했다. 떡갈나무로 만든 커다란 판매대에는 흰색 종이로 포장된 판 초콜릿이 한 무더기 쌓여 있었고, 갖가지 크기의 초콜릿 드롭스 상자들이 진열되어 있었다.

삐걱 소리를 내며 문이 열리더니 롬므 씨가 나타났다. 나는 그가 중년의 남자일거라 짐작하고 있었지만, 방금 들어온 사람은 진갈색 눈과 머리를 한 젊은 남자였다. 그는 스무 살도 채 되지 않아 보였다. 신뢰감을 주는 반듯한 인상에 미소를 띤 그의 모습이 내 눈에 들어왔다. 그가 우리에게 인사했을 때 나는 왠지 모르게 마치 오래전부터 알던 사람이 우리와 다시 만나게 되어 기뻐하는 것 같았다. 그는 초콜릿을 한 번도 맛본 적이 없다는 내 얘기를 듣더니 재미있어 했다.

"자, 여러분에게 이 달콤한 음료를 맛보게 할 특권을 제가 누리게 되는군요. 잠시만 기다리세요."

그는 진열대에 놓아둔 커다란 도자기 항아리를 집어들었다. 항아리의 뚜껑에는 작은 구멍이 나 있었고, 그 구멍 사이로 나무 손잡이가 달러 있었다. 이어서 판 초콜릿 한 개를 들어 흰색 종이를 벗겨 내자, 이름만 듣던 초콜릿이 모습을 드러냈다. 매끈한 갈색 판에는 가느다란 홈이 패어있었다. 그는 초콜릿을 두 도막으로 자르고, 그것을 작은 냄비에 물 두 잔과 함께 넣은 후, 냄비를 오븐에 올려놓고 데우면서 잘 섞었다. 냄새가 점점 더 강해지자 나도 모르게 침이 고였다. 초콜릿이 완성되자, 그는 도자기 항아리에 갈색 액체를 붓더니, 소량의 피망과 계피, 설탕 두 스푼을 첨가한 후, 서둘러 입구를 뚜껑으로 닫고서 구멍 사이로 나온 나무 막대를 두 손바닥 사이에 끼고는 아주 세게 비벼대며 이렇게 말했다.

"거품기를 돌리기 위해 이렇게 하는 것입니다. 곧 보시게 될 겁니다."

그가 분주하게 작업하는 동안, 점원 아가씨는 속이 얕은 흰색 찻잔 두 개를 판매대 위에 올려놓았다. 피에르 롬므가 우리에게 초콜릿을 따라주고 있는 동안, 나는 향기로운 김이 모락모락 올라오는 찻잔 속을 들여다보았다. 맨 위에는 벌꿀과 같은 색의 거품층이 보였다. 나는 입술로 잔을 가져갔다. 진정한 식도락이란 바로 이런 것을 두고 하는 말이 아닐까 싶었다. 냄새도 좋았지만, 홀짝거리며 마시다 보니 맛은 더욱 좋았다.

"맛이 풍부하네요."

나는 맛을 음미하면서 말했다.

"저라면 피망 대신 바닐라를 조금 넣겠어요."

"바닐라요?"

피에르 롬므가 물었다.

"그거 좋은 생각이네요. 샤이유 씨에게 말씀 드려야겠군요. 요리에 관심이 있으세요, 아가씨?"

나는 그에게 내가 누구이며, 향수를 얼마나 좋아하는지 간단히 설명했다. 그는 특별한 관심을 보이며 내 얘기를 들었고, 나는 그에게 초콜릿을 만드는 방법을 물어보았다. 그는 내게 카보스라 불리는 카카오나무에 달리는 커다란 열매를 보여주면서, 그 신기한 갈색 열매를 세척한 후에 석쇠에 구워서 가루로 빻아야 한다고 했다.

"조향사들처럼 당신도 주방용 막자사발을 사용하시나요?"

"아뇨. 그것이 바로 가장 어려운 부분이랍니다. 약간 기울어진 돌을 뜨겁게 달군 후, 무릎을 꿇는 자세로 달궈진 돌에 대고 실린더를 이용하여 열매를 으깨야 합니다. 시간이 오래 걸리는 섬세한 작업이죠. 이런 일에는 정확한 손놀림이 필요합니다."

나는 그의 설명을 아주 열심히 들었다. 향수에 대한 내 열정 못지않게 초콜릿에 대한 피에르의 열정 또한 대단해 보였다. 그만 가야 할 시간이라는 숙모의 말을 듣고 작별 인사를 하려는 나에게, 그는 상점으로 나를 만나러 가도 되는지를 물었다. 숙모는 무뚝뚝한 태도로 그러라고 했지만, 그래도 나는 좋았다. 아무래도 내가 이 매력 덩어리 남자를 좋아하게 된 것 같았다. 누군가가 내게 그와 그의 초콜릿, 둘 중 어느 하나만 굳이 선택하라고 한다면, 나는 둘 다 포기할 수 없을 것 같았다!

5

숙모는 내 옷가지를 좀 살펴보자고 했다. 나는 스커트 세 벌, 망토 두 벌, 드레스 네 벌, 블라우스 여러 벌, 속옷, 삼각형 숄, 머리쓰개, 스타킹, 구두 세 켤레를 포함해서 갖고 있던 옷들은 죄다 가지고 파리로 왔다. 숙모는 내 옷가지를 모두 살펴보더니, 그것만으로는 충분치 않을 것이라는 결론을 내렸다. 숙모는 동네의 옷감 가게로 나를 데리고 가더니, 장밋빛과 파란색이 어우러진 예쁜 인디언 천*을 골랐다. 재단사는 불과 며칠 만에 최신 유행하는 드레스를 뚝딱 만들어 주었다. 드레스는 놀랄 만큼 내게 잘 어울렸고 내 키와 얼굴빛을 돋보이게 했다. 조향사 마르시알이 저녁 식사를 하러 오던 날, 숙모는 내게 그 드레스를 입게 하고는 나를 유심히 살펴보았다.

"잔느, 매력적이구나! 완벽해. 장미색이 네 밝은 얼굴빛을 정말 돋보이게 하는 걸. 자, 내 목걸이를 빌려줄게."

숙모는 크기가 일정한 작은 금 구슬로 엮은 목걸이를 내 목에 걸어 주고는 숙모 방에 있는 거울 앞으로 나를 데려갔다. 내 모습을 보고 나는 정말 만족스러웠다. 드레스를 입으니 더 날씬해 보였고, 타원형의 귀여운 네크라인 사이로 블라우스의 레이스가 보이는 것이 내가 마치 파리 여자가 다 된 것 같았다. 숙모는 내 머리도 손질해 주었다. 옅은 밤색이 도는 내 머리카락은 원래는 곱슬곱슬하지만, 숙모는 내 옷차림과 어울리도록 머리를 느슨하게 틀어 올려 주었다. 나는 뺨이 붉게 보이고 싶어서 내 볼을 꼬집었다. 이제 귀한 손님을 맞을 시간이 되었다.

---

* 꽃이나 꽃잎 등의 무늬를 박은 직물.

숙모는 아주 근사한 만찬을 준비하게 했다. 자수를 놓은 냅킨에다 숙모가 아끼는 매우 아름다운 접시 세트와 향초가 놓인 연회 상차림이 준비되었다. 나는 마르시알이 얼른 보고 싶었다. 그가 하는 일에 대한 이야기를 나누고 싶었다. 삼촌과 숙모는 라르브르섹 거리에 사는 몇몇 이웃들도 부부 동반으로 초대했다. 초콜릿 장인인 다비드 샤이유 씨와 왕의 수석 이발사인 프랑수와 바르누엥 씨였다. 그들 모두 매우 우아해 보였다. 남자들은 실크 상의와 새틴 퀼로트로 멋을 냈다. 샤이유 씨와 바르누엥 씨는 가발을 쓰고 왔다. 반면에 아버지와 삼촌은 어깨까지 내려오는 머리 모양 그대로였다. 부인들은 자수와 레이스로 장식된 화려한 드레스를 입고 있었다.

드디어 마르시알의 도착을 알리는 소리가 들렸다. 모두의 시선이 문쪽을 향했다. 나이는 스물다섯 살쯤 되어 보이고, 장밋빛이 도는 둥그스름한 얼굴에 조잡한 스타일의 가발을 쓰고 통통한 몸집을 한 남자가 들어오고 있었다. 그의 눈썹과 속눈썹은 아주 희미해서 보일락 말락 했다. 잘 키운 새끼 돼지 한 마리를 떠올렸다. 그러나 나를 더욱 놀라게 한 것은 그의 정장 차림이었다. 그렇게 희한한 정장은 태어나서 처음 보았기 때문이다. 그는 푸른 사과처럼 밝고 선명한 초록색 새틴 재질에 몸에 꼭 붙게 재단한 긴 옷을 입고 있었는데, 꽃과 새가 금빛으로 수놓아져 있었

1674년 봄, 그라스

다. 소매는 넥타이와 잘 어울리는 리본과 레이스의 잔주름이 흘러나오도록 손목 부위에서 통이 넓어지는 스타일이었다. 가터 루프*가 무릎 아래에서 조여 주고 있었고, 몸에 딱 달라붙는 퀼로트와 흰색 스타킹이 그의 옷맵시를 정돈해 주고 있었다.

마르시알은 사람들의 환호에 응하는 배우처럼 손을 흔들면서 등장했는데, 겸손함을 가장한 몸짓으로 느릿느릿 걸어 들어왔다. 하지만 그 손동작이 실은 단지 리본을 흔들리게 하려는 제스처에 지나지 않음을 나는 쉬이 알아차릴 수 있었다.

사람들에게 소개될 때마다 나는 아주 예쁘고 다소곳하게 인사를 했다. 다비드 샤이유 씨는 궁금해하는 눈빛으로 나를 물끄러미 바라보고 있었다.

"그러니까 초콜릿을 한 번도 마셔 본 적이 없다는 그 아리따운 프로방스 아가씨로군요. 파리에 온 걸 환영해요! 이곳에서 남부지방의 억양을 다시 듣게 되다니 정말 반갑군요."

피에르 롬므로부터 나와 내 '감미로운 억양'에 대한 얘기를 많이 들었다고 샤이유 씨가 말하는 동안, 내 얼굴은 발그레해졌다. 하지만 살짝

---

* 역주 - 스타킹이 흘러내리지 않도록 고정시켜 주는 밴드와 그것에 달린 버클.

화가 나기도 했다. 내가 그저 촌스러운 프로방스 소녀로 보이는 것은 싫었기 때문이다.

마르시알이 레이스의 장식을 흔들거리며 우리 쪽으로 다가왔다.

"아, 프로방스와 그곳의 향수! 난 그것에 푹 빠져 있어요. 아가씨, 내가 초콜릿보다 더 좋아하는 것이 있다면, 그건 재스민 향기에요. 하지만 초콜릿과는 달리 재스민은 먹을 수가 없지요. 안타깝게도!"

샤이유 씨와 내가 공손한 척하며 억지로 미소를 지어 보이는 동안, 조향사는 떠들썩하게 웃으며 자리를 떠났다. 식사할 시간이 되었다.

나는 바르누엥 씨와 마르시알 사이에 자리를 잡았다. 마르시알은 대화에 나를 끌어들일 작정이었던 것 같다. 스프를 다 먹고 전채 요리를 기다리는 사이에 그는 자신의 사업에 관해 내게 말했다. 나는 그의 향수뿐만 아니라, 그가 취급하는 상품들에 대해 물어보고 싶었지만 소용없었다. 숙모의 말 그대로였다. 그는 멍청했고 내 질문에는 조금도 귀를 기울이지 않았다.

그는 지칠 줄 모르고 자신의 고객들에 관해 말했다. 그중에서도 가장 높으신 분은 과연 왕의 동생인 오를레앙 공이었다.

"아가씨, 오를레앙 공은 향수에 그야말로 정통하신 분이에요. 그 분은 내게 엄청난 양의 향수에다 가루분과 연지를 주문하지요! 엄청난 양을

요! 더욱이 그 분은 신제품이라면 일단 모두 써 본 후에 가장 좋은 것을 선택하고 싶어 하죠!"

"오를레앙 공께서 연지를 바르신다고요?"

"그럼요, 귀여운 아가씨. 왕궁에서는 남자들도 붉은색과 흰색의 연지를 바른답니다. 특히 공작은 자신의 용모에 꽤나 신경을 쓰시는 분이죠."

나는 숙모가 접시에 얼굴을 파묻고 있었고, 샤이유 씨가 웃음을 참고 있는 것을 눈치챘다.

"또한 나는 콜베르 재무 장관을 손님으로 모시는 걸 영광스럽게 생각합니다. 하지만 그 분은 다른 부류의 남자입니다."

이발사 바르누엥 씨가 웃음을 터뜨리자, 식탁에 모인 사람들도 모두 그를 따라 웃었다. 나는 어리둥절했지만, 사람들에게 웃는 이유를 설명해 달라고 나설 수는 없었다.

"다른 부류의 남자라, 그거 멋진 말이군!"

이발사가 맞장구를 쳤다.

"콜베르 씨보다 더 엄격한 사람은 없어요. 만약 그 분이 화장품을 주문한다면 정말 깜짝 놀랄 일이죠. 그러고 보면 오를레앙 공과 그 분의 친구들이…음…훨씬 더 독특하다는 얘기가 되겠군요."

"오를레앙 공이 지나치게 화장을 하고 다닌다는 얘기를 들은 적이 있어요."

어떤 부인이 호기심에 찬 눈빛으로 대화에 끼어들었다.

"지나치게요? 그건 그래요. 하지만 언제나 도를 넘지는 않죠!"

마르시알은 대화를 듣고 있다가 표현을 바로잡았다.

"콜베르 씨가 향수를 좋아하나요?"

대화의 주제를 바꿀 기회만 엿보고 있던 숙모가 물어보았다.

"콜베르 씨요? 전혀 아닙니다. 그저 우리 가게에서 오렌지 꽃물을 조금 사는 게 다에요. 하지만 그 분은 결벽증이 있어요. 믿어지세요? 오렌지 꽃물에 손과 얼굴을 씻는다니까요!"

"정말이에요?"

샤이유 씨가 놀라며 말했다.

"그런 짓은 하면 안 되는데! 치통을 일으킬 위험이 있거든요!"

나는 웃음을 감추기 위해 고개를 푹 숙였다. 엄마는 우리가 아주 어렸을 적부터 찬물로 씻도록 습관을 들였지만, 사람들은 대개 그것을 건강에 나쁜 것으로 알고 있었다.

"맞아요."

마르시알이 계속해서 말했다.

"콜베르 씨는 비누와 손수건, 화장용 스펀지를 엄청나게 사용합니다. 엄청나게요!"

마르시알은 혼자 웃기 시작했는데, 그의 웃는 소리가 말의 울음소리를 연상시켰다.

식탁에 고기가 올라오자 그의 수다는 잠시 멈추었다. 하지만 그의 능란한 손놀림에 위기의 순간이 닥쳤다. 소매 장식이 접시에 빠지는 사태가 벌어진 것이다. 그는 순발력이 매우 뛰어났다. 우아한 몸짓으로 소매의 레이스에 주의를 기울이며 오른손으로 고기를 조금씩 먹었다. 그러나 안타깝게도 우려하던 일이 끝내 벌어지고야 말았다. 그가 잔을 들어 올리는 순간, 장밋빛 실크 리본이 접시 표면을 몽땅 쓸고 지나가는 바람에 갈색 소스가 묻었던 것이다. 그가 접시에서 묻은 자국을 조심스레 닦는 동안 나는 웃음을 억누르며 시선을 돌렸다.

그는 기분을 전환하려는 듯 내게 물었다.

"아가씨, 춤추시나요?"

나는 깜짝 놀라 마르시알을 바라보았다.

"죄송합니다. 나리, 무슨 말씀이신지요?"

"당신의 부모님은 아가씨에게 춤 레슨을 받게 했겠죠?"

그의 예상과 달리 춤을 배우지 않았다고 내가 말하자, 그건 심각한 교육적 결손이라며 유감스러워했다. 자신은 설령 매우 중요한 일이 산더미처럼 쌓여 있더라도, 유명한 춤 선생을 매주 집으로 청해 미뉴에트, 가

보트, 지그 춤 등의 섬세한 춤동작을 지도 받는다고 말했다.

그러는 사이에 또 다른 요리가 나왔다. 마르시알이 자고새 고기를 먹는 동안, 나는 샤이유 씨에게 그의 훌륭한 초콜릿을 칭찬했다.

"세상 사람들은 초콜릿을 좋게 평가하지 않는답니다, 아가씨. 하지만 마리 테레즈 왕비는 초콜릿을 매우 사랑하죠! 왕비는 초콜릿을 만들 줄 아는 시녀까지 스페인에서 데리고 왔답니다."

"라 몰리나 말이죠?"

숙모가 물었다.

"나는 그녀가 스페인으로 다시 떠난 걸로 알고 있는데요."

"라 몰리나는 떠났지만, 그녀의 조카인 펠리파가 남아서 요즘에는 그녀가 왕비를 위해 초콜릿을 만들고 있다는군요."

"초콜릿은 왕비 마마의 처소에서 좋은 냄새를 풍기는 유일한 것이죠."

이렇게 말하며 마르시알은 갑작스럽게 웃음을 터뜨리더니, 이번에는 녹색 소스를 발라 구운 양고기 요리를 먹었다.

"그것 말고는 올리브유와 마늘 냄새만 나니까요. 스페인 요리는 너무 상스럽고 몹시 역한 냄새를 풍기죠. 아름다운 몽테스팡 후작 부인의 처소는 달라요. 그렇지 않아요, 친구?"

마르시알이 삼촌을 바라보자, 삼촌은 대답 대신 미소를 지었다. 어색

1674년 봄, 그라스

한 침묵이 돌연 식탁 위에 내려앉았다. 부인들은 나를 힐끔거리며 보고 있었다. 몽테스팡 후작 부인이 왕의 정부이지만, 그들 모두 기혼자들이기에 스캔들이 일어났다는 사실 정도는 나도 이미 알고 있었다. 다들 그녀가 매우 아름답고 쾌활하다고 말했다.

"몽테스팡 부인은 확실히 향에 대한 안목이 있어요. 게다가 향유 크림과 향수에 대해선 아주 까다롭지요. 나는 그 분을 만족시키기 위해 노력합니다."

삼촌이 대답했다.

나는 애써 놀라움을 감추었다. 그때까지 삼촌이 왕의 애첩에게 향수를 대고 있었다는 사실을 나는 전혀 몰랐다!

"그녀가 프랑슈콩테에 왕과 함께 갔다는 게 사실이에요?"

아버지가 물었다.

"그래, 왕비와 귀족들처럼 말이야."

왕은 또 다시 전쟁에 나아갔다. 그는 프랑슈콩테에서 스페인과 그 동맹국에 대항하여 싸웠다. 나는 귀족과 귀족 부인들이 항상 전쟁터에까지 왕을 따라간다는 사실은 그날 처음으로 알게 되었다.

앙트르메*까지 훨씬 더 많은 이야기가 오고 갔지만, 후식이 나오자 모두들 대화를 중단하고 자기 앞에 놓인 아몬드 과자, 알록달록한 드라제**와 과일 젤리를 먹느라 정신이 없었다.

---

* 역주 - 식사를 마치고 나서 후식 전에 먹는 가벼운 음식.
** 역주 - 아몬드나 호두에 당의를 입힌 것

1674년 6월, 파리

6

다음날, 나는 예쁜 드레스는 곧바로 트렁크에 정리해 두고, 앞치마를 두르고 다시 일을 시작했다. 나는 밥티스트와 일하는 것에 익숙해져서 그의 곁에서 최신 유행하는 향유 크림의 제조법을 배웠다. 손수 조향 작업을 하는 삼촌의 모습을 지켜보는 것도 즐거웠다. 삼촌은 경험이 워낙 풍부해서 나에게 아주 많은 것을 가르쳐 주었다. 그는 몽테스팡 후작 부인을 위해 장미와 투베로즈 에센스를 기본으로 하고, 사향과 사향고양이의 향을 주성분으로 하는 새로운 향수를 만들었다.

숙모에게 필요한 것들을 사다 주기 위해 나는 이따금씩 혼자 바깥으로 나가기 시작했다. 6월이 되어 날씨가 좋아지자, 나는 산책을 하고 싶었다. 센느 강변으로 가는 편이 더 좋았겠지만, 내 발걸음은 이상하게도 라르브르섹 거리의 언덕을 향해 이끌리듯 계속 걷다가 마침내 초콜릿 상점 앞에 다다랐다. 진열장의 작은 창유리를 통해 슬그머니 들여다보다가 간혹 피에르 롬프의 모습을 볼 수 있었다.

어느 날, 나는 그와 거리에서 마주쳤다. 그는 멈추어 서서 내게 인사했다. 그는 아니스 씨앗을 사기 위해 생제르맹 록세루와의 좁다란 골목으로 막 들어서려던 참이었다. 그는 재료에 대해 잘 모른다고 내게 솔직히 말했다. 내가 함께 가서 씨앗 고르는 것을 도우면 어떻겠냐고 하자, 그는 흔쾌히 그러자고 했다. 내가 길에 깔린 포석에 발목을 삘까 염려하며 그는 내 손을 잡아 주었다.

향신료 가게의 이름은 '프로방스 형제네'였다. 나는 그 가게에서 숙모와 함께 있을 때 맡았던 기름 냄새와 비누 냄새를 다시 맡게 되었다. 단지 세 가지 품종만 있었기에 제일 좋은 아니스의 품종을 고르는 일은 그리 어렵지 않았다. 피에르는 내가 일을 빠르게 해낸다며 칭찬했다.

"이 일이 당신에게는 단순해 보이겠죠. 당신에겐 타고난 후각 능력이 있으니까요. 하지만 나는 차이를 구분할 수 없답니다."

"그럴 리가요! 자, 이제 아니스가 어째서 필요한지 말해주세요. 초콜릿을 만드는데 필요한 것은 아니죠?"

"당연히 필요하죠! 잘못 알고 계셨군요."

그는 초콜릿에 계피, 바닐라, 아몬드 가루 혹은 헤이즐넛을 조금씩 넣기도 한다고 했다. 놀랍게도 멜론 씨나 호박씨도 넣는다고 했다. 나는 샤이유 씨가 조향사들이 매우 중요시하는 사향이나 호박을 넣은 초콜릿에 대해 자주 신랄하게 비판한다는 사실에 더더욱 놀랐다. 나는 오늘처럼 우리가 잠시 일상의 궤도에서 벗어난 것이 좋았다. 피에르는 나를 향수 가게 앞까지 데려다주더니, 곧 다시 만나자고 말하곤 가버렸다.

온 가족이 감격에 들떠 있었다. 삼촌은 손에 편지 한 장을 들고서, 숙모와 아버지와 진지한 대화를 나누고 있었다.

"아, 왔구나! 잔느, 이건 너와도 관련된 일이란다. 방금 프랑슈콩테로부터 전갈을 받았단다."

"어디에 갔다 온 거니?"

숙모는 못마땅한 듯 물었다.

"길에서 롬므 씨를 우연히 만나서 그가 물건 사는 것을 좀 도와줬어요."

나도 모르게 얼굴을 붉히면서 말했다.

"그 남자가 누구니?"

아버지가 말했다.

"다비드 샤이유 초콜릿 가게의 점원이라고…."

삼촌은 건성으로 답했다.

"잔느, 내가 읽어 주는 편지 내용을 들으면 귀가 솔깃할 게다."

"젊고 매력적인 점원이지요."

숙모는 나를 뚫어져라 보면서 덧붙였다.

"그렇지 않니, 잔느?"

"숙모, 제가 경솔했다면 죄송해요. 저는 잘하는 일인 줄 알았어요."

나는 마치 결백을 주장하는 사람처럼 말했다.

"잔느가 경솔한 짓을 했다고요?"

아버지가 외쳤다.

"이 아이가 뭘 했는데 그런 말을 하세요?"

"자자, 조용히 해. 세 사람 모두!"

삼촌은 버럭 화를 내며 발을 쾅쾅 굴렀다.

"시내로 산책을 간 게 잘못은 아니지. 그러니 우리는 그 초콜릿 점원보다 더 중요한 것에 관한 이야기를 나누어야 한다! 우리 군대가 돌*을 점령했단다. 왕과 귀족들이 베르사유로 다시 돌아올테니, 몽테스팡 부인은 내가 지체 없이 입궁하기를 원하고 있어. 우린 한순간도 헛되이 보내지 말아야 해."

"편지가 언제 쓰인 거죠?"

숙모가 물었다.

"6월 11일에 쓴 편지로군. 그들은 이미 떠났을 거야. 피르멩, 밥티스트, 어이, 너희 나머지! 난 오늘 저녁이 되기 전에 재스민 향이 나는 가발용 가루분, 목욕 오일, 비너스의 손수건, 손에 바르는 향유 크림, 연지,

---

* 역주 - 프랑스 프랑슈콩테의 지역으로, 중세에 신성로마제국에 속했다가 루이 14세 때 프랑스령이 됨.

1674년 6월, 파리

미백 로션, 후작 부인을 위한 가루분이 우리 가게에 모두 얼마나 남았는지 알아봐야겠다! 그리고 향수를 먹인 장갑이 아직 남아 있나? 얼마나 남았는지 누가 말해 줄 수 있지?"

"두 켤레요, 여보. 더구나 우리 가게에서 최고로 아름다운 거예요!"

숙모가 대답했다.

"그럼 스페인 식 장갑*은? 후작 부인은 간혹 그걸 요구하거든. 남은 게 있나? 오, 맙소사…. 그리고, 내가 새로 만든 향수는? 아직 완성하지 못했는데 이걸 어쩐다? 후작 부인은 틀림없이 빨리 보고 싶어 할 텐데!"

나는 지금껏 삼촌의 이런 모습을 본 적이 없었다. 삼촌은 제자리에 가만히 있질 못했다. 조수인 피르멩과 밥티스트는 아무 것도 묻지 않고 이리저리 뛰어나녔고, 그동안 삼촌은 숙모에게 이렇게 말했다.

"마르트, 즉시 처제한테 편지를 써서 내가 베르사유에 머물 수 있도록 준비하라고 전해. 잔느, 너는 나와 함께 가는 거야!"

"제가…어떻게요, 삼촌?"

"그 일을 저 아이가 어떻게 해요, 형?"

아버지는 나보다 더 깜짝 놀라서 덧붙여 말했다.

---

* 역주 - 팔꿈치 길이까지 올라오는 긴 장갑을 가리킴.

"잔느를 베르사유로 데려가서 내 곁에 두고 싶다! 잔느는 소질이 있고 참신한 아이라서 내가 몽테스팡 부인을 만날 때 도움이 될 거야. 너는 말이지, 앙투완."

삼촌은 아버지의 손을 잡고 진지하게 바라보았다.

"너는 파리에 남아주길 바란다. 내 가게와 종업원들 그리고 내 아내, 한마디로 내 집을 통째로 네게 맡기겠다! 왕의 군대는 패배를 모른단다. 우리는 모든 것이 준비되는 대로 출발할 거야. 일주일 후에."

아버지는 어안이 벙벙해져서 아무 말도 못하고 있었다. 삼촌은 조향실의 문 쪽으로 향했다. 문 앞에 이르렀을 때, 손잡이에서 갑자기 손을 떼더니 근엄하게 오른손의 검지를 들어 보이며 말했다.

"늦어도 일주일 후야!"

아버지는 내가 멀리 떠나게 된 것을 별로 반기지 않았다. 하지만 베르사유에 가는 것이 내게는 크나큰 영광인데다, 딱히 뭐라 할 말이 없었기에, 아버지는 내가 삼촌과 함께 가는 것을 반대하지는 않았다. 우리는 예전에 삼촌네서 함께 살았던 숙모의 동생인 마리 르보 씨의 집에서 묵어야했다.

1674년 6월, 파리

베르사유 궁은 나를 꿈꾸게 했다. 왕은 6년 전부터 베르사유의 확장 공사와 미화 작업을 추진해 오고 있었다. 공사의 규모가 어마어마했고, 정원은 호화찬란했다. 또한 그곳에서는 엄청난 연회가 열렸다.

나는 엄마에게 근황을 알리기 위해 편지를 썼다. 동생 한 명 한 명에게 전하는 말을 한 마디씩 덧붙여 썼다. 조셉에게는 내가 루브르를 보았으니 베르사유도 곧 보게 될 거라고 썼고, 프랑수와즈에게는 비너스의 손수건을 만들어 보았다고 썼으며, 막내 쥘리에게는 초콜릿을 마셔 봤으며 내가 그라스로 돌아갈 때 쥘리도 맛볼 수 있게 초콜릿 바를 가져가겠노라고 썼다.

이어서 피에르 롬므도 잠시 만나서 내가 다음 주에 출발한다고 말했다.

"그럼 당신은 베르사유를 보게 되겠네요? 얼마나 좋은 일이에요, 잔느! 베르사유는 특별한 곳이죠. 하지만 왕이 프랑슈콩테에서 돌아온다는 말이 사실인가요? 나는 샤이유 씨가 그런 얘기를 한 적이 없어서 놀랐어요."

"삼촌은 그렇게 믿고 계세요."

"최대한 빨리 이 사실을 샤이유 씨에게 알려야겠어요. 샤이유 씨와도 관련된 일이에요. 왕비가 돌아오면 곧 초콜릿을 찾을 테니까요."

그는 갑자기 내게 미소를 지었다. 아름답고 담백한 미소에 나는 녹아 들고 말았다.

"잔느, 난 당신이 후작 부인에게 감동을 안겨 줄 거라 믿어요. 그렇죠? 그 분에게 당신의 재능을 보여줘요. 그럼 곧 다시 만나기로 하죠. 어쩌면요."

그가 멀어지는 모습을 바라보며 나는 울적해졌다. 베르사유로 떠나게 된 이후로 처음 있는 일이었다. 내가 사랑에 빠져들고 있었던 걸까?

삼촌의 부탁으로 나는 밥티스트가 비누를 만들고 포장하는 일을 도왔다. 그 과정에서 나는 몽테스팡 후작 부인이 금빛이 나는 - 실은 순금 가루를 입힌 비누였다. - 화장용 비누를 사용한다는 사실을 알게 되었다. 또한 상점에 오는 손님들 가운데 비누의 가격표를 들여다보는 이들은 그러한 비누를 처음 본 사람들이라는 것도 알게 되었다. 나는 앞치마를 다시 두르고는 비누 더미 앞에서 밥티스트의 설명에 귀를 기울였다. 그는 설명을 마치고 나자 작업을 시작했다.

나는 면 손수건에 〈오 데 장쥬〉를 묻힌 후, 화장비누의 표면을 약간 촉촉하게 만들기 위해 손수건으로 톡톡 두들겼다. 그런 다음, 종이 한 장보다도 더 얇은 나뭇잎에 대고 비누를 굴렸다. 나뭇잎은 아주 가벼워서 작은 숨결에도 찢어질 위험이 있기 때문에 살살 굴려줘야 했다. 일단 비누에 금가루를 입히고 난 다음에, 마른 손수건으로 금색의 표면을 다듬고 너무 많이 묻은 부분은 긁어냈다. 그러자 비누가 마치 금빛으로 반짝이는 조약돌처럼 화려해지고 멋져 보였다!

'몽테스팡 부인이 화장비누 열두 개를 주문할까? 그녀가 이 비누로 씻으면 피부에서 금이 녹아내릴까?'

이런 생각을 하면서 나는 다음 단계로 넘어갔다.

사흘에 걸친 끈질긴 작업 끝에 삼촌은 새로운 향수를 드디어 만들어냈다. 그는 그 향수가 아름다운 후작 부인을 충분히 만족시킬 수 있을 것이라 확신이 들었던 모양인지 당장 떠나자고 했다.

1674년 6월, 베르사유

베르사유는 파리로부터 불과 4리외˚ 떨어진 곳이라, 마차로 충분히 갈 수 있는 도시이다. 나는 마차를 다시 탈 수 있게 되어서 정말 좋았다. 마차가 꽉 찬 것을 보니 베르사유에 가려는 사람들이 아주 많은 것 같았다. 열여섯 명의 승객이 짐 꾸러미와 바구니에 둘러싸여 있었다. 마침내 베르사유에 무사히 도착했다. 우리가 묵게 될 집의 주인인 르보 씨 부부가 우리를 기다리고 있었다.

숙모의 동생은 옷감 상인과 결혼했다. 그들은 벽돌로 완전히 새로 지은 빌라에서 다섯 아이들과 함께 살고 있었다. 이들 부부는 우리가 짐을 옮기는 것을 도와주었고, 그 집에서 머물게도 해주었다. 나는 작은 지붕 밑 다락방에서 자게 되었는데, 만약의 경우를 위해 주로 비워 두는 곳이었다. 그곳은 매우 더웠지만 나 혼자 지낼 수 있었으므로 아이들과 하인

˚ 1리외는 약 16km에 해당한다.

들로 소란스러운 그 집에서는 호강하는 편에 속했다.

마리 르보는 우리에게 마실 것을 가져다주었고, 그녀의 남편 루이는 왕과 귀족들이 이미 퐁텐느블로에 도착했으며 하루빨리 그들을 볼 수 있기를 베르사유의 모든 이들이 손꼽아 기다리고 있다는 소식을 우리에게 전해 주었다.

"또한 왕의 도착에 대비하여 다들 열심히 일하고 있어요."

루이 르보가 설명했다.

"왕은 틀림없이 만족할 거예요. 베르사유는 특히 정원이 아름답거든요. 왕은 심지어 출정 도중에도 정원의 조경 공사에 관한 지시를 내리기 위해 콜베르 씨에게 편지를 쓴다고 들었어요."

"왕이 정원을 좋아하나요?"

"아주 열렬하게요. 왕은 정원에 푹 빠져 있어요! 아주 사소한 부분에 대해서 마저도 의견을 내죠. 나무를 심고, 전지하고, 정원에 심을 꽃들을 결정하고, 후원들의 위치를 정하는 방식에 대해…."

"그럼 몽테스팡 후작 부인은요?"

삼촌이 질문했다.

"새로운 소식이 있나요?"

바로 그 순간, 하녀가 숨을 가쁘게 몰아쉬며 들어왔다.

"주인 나리, 마님! 방해했다면 용서하세요. 전하께서 입궁하셨다는 전갈이 막 도착했습니다!"

마치 불이 났다는 소식을 듣기라도 한 듯 우리 모두 신속하게 일어나 밖으로 나갔다. 거리에 나온 베르사유 사람들은 오로지 왕에 관한 이야기만 나누고 있었다. 왕이 귀족들과 함께 돌아왔다는 것이다. 베르사유는 바야흐로 긴 잠에서 깨어나려 하고 있었다. 삼촌이 내게 말했다.

"잔느, 우린 내일 동이 트자마자 베르사유로 간다!"

그날 밤, 나는 잠을 이루지 못했다. 다음날 일어날 일들을 생각하느라 몹시 들떠 있었다. 너무 덥기도 하고 게다가 어느 아이가 초저녁부터 울어댔다. 결국엔 새벽녘이 되어서야 겨우 잠이 들었는데, 비둘기들이 석판 지붕을 긁어 대고 구구거리면서 굉장히 시끄럽게 굴기 시작했다. 나는 일어나서 정신을 차리기 위해 차가운 물에 샤워를 할 수 밖에 없었다. 연녹색의 줄무늬 드레스를 입고 목과 가슴에는 장미 꽃물을 발랐다. 그러나 삼촌은 몽테스팡 후작 부인이 향수를 시험해 보길 원할 수 있기 때문에, 그녀가 냄새를 맡는데 방해가 되지 않도록 향수를 너무 뿌리지 말라고 아주 세심하게 일러주었다.

"잔느, 네 모습을 보여주겠니?"

나는 다소곳하게 한 바퀴 돌았다. 하지만 떨리는 마음은 감출 수 없었다.

"삼촌, 제 옷차림이 괜찮은가요?"

"아주 좋구나. 자, 이제 우리가 가지고 갈 짐을 점검하러 가자."

삼촌은 자신의 고객에게 보여 줄 견본을 넣기 위해 특별히 신경을 써서 만든 가방을 가지고 왔다. 그리고 크고 작은 용기들이 깨지지 않도록 작은 칸막이 안에 넣었다. 삼촌은 금가루를 입힌 비누, 최고급 크림, 수면용 모자, 비너스의 손수건이 담긴 뚜껑이 달린 바구니를 내게 맡겼다. 이제 모든 준비를 마쳤다!

베르사유 궁전을 보게 되다니! 감동적인 추억으로 간직될 눈부신 전경이 내 앞에 펼쳐졌다. 숲이 우거진 가로수 길의 끝에 들어서자 웅장한 건물들이 서 있었다. 지붕이 석판으로 된 건물들은 모두 높이가 똑같아서 마치 끝없이 길게 이어져 있는 것처럼 보였다. 가까이 다가가자 둥근 형태의 거대한 쇠창살 너머로 말을 탄 사람들, 걸어가는 사람들, 사륜마차를 탄 사람들의 모습이 보였다.

첫 번째 울타리를 지나자 거대한 앞뜰로 접어들었다. 뜰은 금빛 창살로 막아 놓은 왕궁으로 통하고 있었다. 왕궁의 왼편과 오른편의 가장자리를 따라 작은 빌라들이 뻗어 있었고, 고대 조각상이 놓인 주랑으로 장식되어 있었다. 여기저기에서 사람들의 무리가 보였다. 어떤 하인들은 휴대용 의자를 들고 걸어가고 있었고, 제복을 입은 하인들은 길을 트기 위해 자기 주인의 이름을 크게 외치고 있었다.

우리는 마침내 대리석이 깔린 좀 더 작은 정원에 도착했다. 정원 한가운데에는 분수가 있었다. 그곳은 궁의 중심부이며, 바로 왕과 왕비의 처소가 있는 곳이었다.

벽돌과 돌로 된 궁의 정면과 측면의 이곳저곳에는 대리석으로 만든 흉상을 두기 위해 움푹 들어간 공간이 있었다. 그곳에는 왕과 오를레앙 공 그리고 출정 기간 동안 이들을 수행했던 모든 이들을 구경하고 싶어서 모여든 귀족들로 가득했다. 귀족 신사들은 긴 가발과 몸에 달라붙는 실크 웃옷과 레이스가 달린 넥타이, 깃털 장식이 달린 모자, 리본 매듭이 달린 구두를 과시하고 있었다. 귀족 부인들은 새와 꽃다발 자수가 놓인 화려한 드레스를 걸치고, 복잡하게 틀어 올린 머리를 하고 있었다. 아주 소박한 줄무늬 드레스를 입고 간 나와 같은 사람은 이런 장소와 전혀 어울리지 않는다는 생각마저 들었다.

삼촌은 왕의 처소에서 아주 가까운 몽테스팡 후작 부인의 처소로 가는 작은 계단으로 다가가 경계를 서고 있는 보초에게 자신을 소개했다.

그가 우리의 도착을 알리자, 한 여자가 나와서 우리를 데리고 귀족들이 가득 모여 있는 대기실을 통과했다. 그런 다음, 타피스리로 가려진 문을 열고서 대리석으로 장식된 뜰을 향해 열린 창문이 있는 아주 작은 방으로 우리를 안내했다.

"마님이 당신들을 보시면 반가워하실 거예요. 지금은 손님을 접견하고 계시니 조금만 기다리세요."

우리는 선 채로 기다렸다. 삼촌은 우리 둘만 남게 된 순간을 틈타 내가 괜찮은지 물었다. 내 안색이 아주 창백해 보인 모양이다. 나는 태연한 척 고개를 끄덕였다. 삼십 분쯤 지나자, 아까 그 여자가 우리에게 다시 돌아오더니 후작 부인이 우리를 기다린다고 했다.

나는 후작 부인을 만나기도 전에 이미 그녀의 향수 냄새부터 맡았다. 흰 사향과 떡갈나무 이끼를 기본으로 하고, 투베로즈와 황수선화의 관능적이면서도 우아한 향을 섞은 향이었다. 몽테스팡 부인은 이 매력적인 향수와 완벽하게 어울렸다. 그녀는 물오른 미모를 발하며 파란색과 흰색이 섞인 실내복 차림으로 소파에 누워 있었다. 한창 때는 넘겼지만, 그녀의 눈부신 얼굴과 커다란 푸른 눈 그리고 곱슬곱슬한 금발 머리는 과연 모두의 부러움을 살만큼 아름다웠다. 그녀는 우리를 보더니 큰 소리로 말했다.

"아, 드디어 통바렐리 씨가 왔군! 난 당신의 도움이 꼭 필요해요. 시골에서 지내면서 지쳐 버렸어요. 내가 얼마나 초라한 집에서 지냈는지 상상할 수 없을 겁니다. 그러니까 궁상스럽고 허름한 농부들의 집에서요. 믿을 수 있나요? 돌에서 도시를 포위하고 있는 동안 난 유리가 아니라 종이를 바른 창이 있는 집에서 지냈어요. 바닥이 널빤지로 되어 있길래 융단을 깔게 했죠. 그곳에서 매일 저녁 연회를 열어서 전하의 기분을 풀어드렸어요. 그러다 보니 내 삶에 멋과 생기를 더해 주는 향수와 향초 그리고 크림을 모두 다 써버렸지 뭐에요."

그녀는 일어나서 큰 걸음으로 왔다 갔다 했다. 그녀의 통통한 허리가 눈에 띄었지만, 움직임에서는 더할 나위 없는 우아함과 위엄이 풍기고 있었다.

"나는 얼굴을 예뻐 보이게 해 줄 향유 크림과 새로운 것을 원해요. 당신은 내게 무엇을 가져왔나요? 그런데, 저 아이는 누구죠? 당신의 딸인가요?"

후작 부인은 나를 건성으로 쳐다보았고, 나는 어설프게 절을 했다.

"마님, 이 아이는 제 조카입니다. 마님의 시중을 들 잔느 통바렐리라고 합니다."

"시골에서 갓 올라왔나요?"

후작 부인은 비웃듯이 물었다.

"네, 잔느는 그라스에서 왔습니다. 바로 이 아이의 아버지가 꽃물을 비롯하여 재스민과 투베로즈 에센스를 제게 보내 주고 있습니다. 마님, 잔느는 향기를 다루는데 상당한 재주가 있습니다."

"정말이에요? 자, 당신이 새로 만든 것들을 내게 보여줘요."

삼촌은 후작 부인 앞에 향수병을 꺼내어 화려한 장식 천[*]이 덮여 있는 화장대에 올려놓았다. 그녀의 화장대는 향수병과 크리스털과 금으로 만든 작은 연지 통, 은으로 만든 머리 솔, 상아 빗으로 가득 차 있었다. 퐁테스팡 부인은 향유 크림을 손에 바르고 볼연지를 발라 보았다. 삼촌이 그녀를 위해 만든 새로운 향수를 보여주자 그녀는 손목에 문질러 향기를 맡더니 이마를 찌푸렸다.

"통바렐리 씨, 난 이 향수가 전혀 마음에 들지 않아요. 루이즈 드 라 발리에르[**]의 향수와 너무 비슷하잖아요! 난 다른 향수가 필요해요. 최대한 빨리요! 그동안 당신이 봄에 만들어 준 향수로 만족해야겠군요. 과연 당신이 오늘 새로운 향수를 가져왔다고 봐야 할까요?"

삼촌의 얼굴이 창백해졌다. 나는 삼촌 때문에 가슴이 아팠다. 삼촌이 이 향수를 만들기 위해 얼마나 수고했는가를 잘 알고 있었기 때문이다.

---

[*] 천으로 만든 장식품으로, 주로 화장대를 꾸미는데 사용되었다.
[**] 루이즈 드 라 발리에르는 루이 14세가 아테나이스 퐁테스팡 이전에 총애했던 여자이다.

1674년 6월, 베르사유

삼촌은 또 다른 병 하나를 꺼내서 후작 부인에게 내밀었다. 그녀는 계속 말했다.

"손에 바르는 이 향유 크림은 감미롭고 좋군요. 내게 필요한 건 바로 이런 느낌의 향수에요. 전하께서 여름 내내 베르사유에서 연회를 열기로 하셨다는 소식은 들었겠죠? 사치스러워도 된다는 전하의 뜻이지요. 통바렐리, 자신의 능력을 스스로 뛰어 넘어 봐요. 내 피부를 봤죠? 난 빠른 시일 내에 다시 아름다워지고 싶어요. 연회는 나흘 후에 시작됩니다." 나흘이라! 왕은 매사를 매우 몰아치는 성품을 지녔음에 틀림없다!

몽테스팡 후작 부인은 우리 쪽으로 몸을 돌려 자수를 놓은 블라우스를 열어젖혔다. 그녀의 가슴이 살짝 드러났다.

"여기저기 붉은 반점이 생기고 피부가 건조해요. 벼룩에 물린 자국이 어깨 전체를 덮을 지경이에요. 벼룩이요. 이걸 보라고요! 이건 초가집에서 잠을 잤기 때문이라고요!"

그녀는 한바탕 웃음을 터뜨리더니 덧붙였다.

"이런 뾰루지를 낫게 할 뭔가를 가지고 있나요, 통바렐리?"

"후작 부인 마님, 솔직히 말씀드리면, 잘 모르겠습니다. 그러나 마님께서 허락하신다면 필요한 것을 제가 가지고 있는지 생각해 본 후에 말씀드리겠습니다."

왕의 애첩은 내 존재를 잊고 있다가 갑자기 쪽빛 눈으로 나를 응시했다.

"그렇다면, 얘야, 네가?"

나는 그라스를 떠나면서, 불결한 여인숙에 자주 들리게 될 것을 예상해서 벌레 물린 데에 효과가 있는 연고를 챙겨 왔다는 사실을 자신있게 말했다. 그러자 그녀는 웃으며 말했다.

"완벽하구나! 내일 당장 네가 만든 그 기적의 연고를 내게 가져다주겠니?"

"마님, 기꺼이 갖다 드리겠습니다. 하지만 냄새는 좋지 않다는 점을 미리 말씀드립니다. 그 연고에 마음을 진정시키는 향유가 들어 있는데, 냄새가 피부에 남기 때문입니다."

"내 피부가 낫는 게 우선이지. 그게 바로 내가 바라는 바야."

후작 부인은 삼촌이 가져온 다른 제품들을 살펴보더니, 내가 만든 금가루를 입힌 비누, 피부색을 가꿔주는 최고급 화장수, 연지와 가루분을 골랐다. 이어서 이런 말을 우리에게 던졌다.

"이제 당신들에게 작별 인사를 해야겠군요. 사람들이 나를 기다리고 있어요. 내가 돌아온 이후로 대기실에 사람들이 몰려든다니까요."

몽테스팡은 미소를 띤 채 한숨을 쉬더니, 시녀들에게 자신을 소파에 눕히라고 말했다.

"얘야, 내일 아침 일찍 네가 그 연고를 가지고 오길 기다리겠다!"

❀

"큰일이야! 최악이군!"

삼촌은 얼굴이 납빛이 되어 마리 르보의 집을 향해 바삐 걸어갔다.

"몽테스팡 후작 부인은 기다리지 않을 거야. 본래 참을성이 없는 분이라…. 그리고 내가 만일 부인의 취향에 맞는 향수를 갖다 주지 못하면 다른 사람에게 주문할 텐데…. 뭐라고 말했지? 연회가 수요일에 시작한다고 그랬던가? 정말 미치겠군!"

"진정하세요. 삼촌, 후작 부인이 삼촌의 향유 크림은 아주 좋아했잖아요."

"물론이지. 하지만 몽테스팡 부인은 새로운 향수를 원한다고! 도대체 내가 어떻게 만든담? 다시 파리로 돌아가서 그녀가 만족할 만한 향수를 만들어야겠군. 어쨌든 사흘 안에 그걸 만들어야 한다고!"

"삼촌이 베르사유에서 향수를 만드는데 부족한 게 뭐죠?"

우리는 르보 씨 집 앞에 도착했다. 삼촌은 방으로 올라가서 트렁크를 열었다.

"내가 가져 온 것을 전부 다 보여 줄게. 그동안 너도 바구니에 있는 것을 모두 꺼내봐라."

우리는 파리에서 가져온 것들을 죄다 모았다. 최고급 꽃물, 사향, 호박, 에틸알코올, 재스민 에센스였다. 하지만 사향고양이의 향과 떡갈나무 이끼 에센스 그리고 투베로즈 에센스는 없었다.

마리 르보는 자신의 패랭이 꽃물을 우리에게 주겠다고 했다. 우리는 파리에서 가져온 향수도 늘어놓았다. 삼촌은 죽 늘어놓은 작은 용기와 향수병을 살펴보면서 곰곰이 생각에 잠겼다.

"몽테스팡 마님이 삼촌께 손에 바르는 향유 크림과 비슷한 향수를 만들라고 귀띔해 주었잖아요. 그런데 그게 어떤 거죠?"

"이 장미향 향유 크림이란다. 하지만 순수한 장미 꽃물과 향료가 어떤 점에서 다른지는 잘 모르겠구나. 넌 그걸 느낄 줄 아니까 아마도 영감이 떠오를 게야."

나는 손등에 크림을 조금 발라보았다.

"이 크림은 돼지기름과 아몬드 오일로 만들죠? 사과 냄새도 나는데요."

삼촌은 일어섰다.

"맞아, 그렇고말고. 난 크림을 굳히기 전에 반죽에 레네트 사과도 두 개 넣었어. 향기가 남아있니?"

"분명히 남아 있네요."

삼촌과 나는 번갈아 가며 손에 바르는 향유 크림의 냄새를 맡아보았다. 삼촌은 장미향뿐만 아니라 사과와 아몬드의 향도 맡아보았다.

1674년 6월, 베르사유

나는 삼촌에게 제안했다.

"삼촌께서 파리에 계실 동안 제가 이 세 가지 향료를 가지고 향수를 만들어 봐도 될까요?"

삼촌은 승낙하면서도, 그가 돌아올 때까지 이곳의 값비싼 제품을 너무 많이 쓰지 말 것을 당부했다. 그는 우리가 필요로 하는 향료의 목록을 작성한 후, 파리행 마차를 타러 갔다. 나는 곧 일을 시작했다!

나는 마리 르보의 허락을 받아 부엌 뒷방에 있는 작업 준비실을 잠시 개조했다. 흰 목재 테이블 위에 향료를 올려놓고 저울, 숟가락, 주방용 막자사발, 수건을 갖추어 놓았다. 처음으로 이끌어 줄 사람 하나 없이 오직 나 혼자 힘으로 만들게 된 것이다. 나는 저장 용기에다 〈오 데 쟈〉와 에틸알코올의 혼합물을 담고, 불에 건조시킨 사과의 껍질을 첨가한 후, 병을 닫고 햇빛이 드는 곳에 두었다. 조제물에 사과향이 스며들게 하기 위한 것이었다. 그러고 나서 사향 알갱이 몇 개를 으깨어 그것을 장미 꽃물에 절였다. 나는 시간이 가는 줄도 모르고 해질녘까지 작업을 계속했다.

1674년 7월, 베르사유

8

다음날 아침, 나는 몽테스팡 부인과의 약속대로 벼룩에 물린 데에 잘 듣는 연고를 가지고 입궁했다. 사람들이 전날보다 훨씬 더 빼곡하게 모여 있는 바람에 나는 대리석 정원을 지나가기가 힘들었다. 나는 경박하게 떠들어대는 시동 한 무리와 계단에서 마주쳤다. 그중 한 명이 나를 향해 휘파람을 불었다. 나는 도도해 보이려고 허리를 꼿꼿하게 세우고 계속 걸었다.

몽테스팡 부인의 시녀가 내게 들어오라고 했다. 나는 이미 삼촌에게서 얘기를 듣고, 그녀가 클로드 데죄이에라고 하며 왕의 애첩이 전적으로 신뢰하고 있다는 사실을 알고 있었다. 그녀는 후작 부인이 지금 욕실에 있으니 그곳으로 나를 안내하겠다고 했다. 나는 몹시 놀랐지만 팔에는 바구니를 낀 채 태연하게 그녀를 따라갔다. 그녀는 나를 1층으로 데려갔는데, 그곳은 왕이 휴식을 취하고 쾌락을 즐기기 위해 만들어진 매우 기상천외한 곳이었다. 우리는 붉은 대리석 기둥과 고대 양식의 조각으로 장식된 현관을 가로질렀다. 그리고 나서 역시 대리석이 주를 이루고 화려한 실크와 금과 은으로 도색된 가구가 있는 다른 방을 통과했다. 지나는 곳마다 끝도 없이 넓어서 우리의 발걸음 소리마저 기이하게 울려 퍼질 정도였다. 나는 정신없이 감탄사를 연발했다. 이렇게 높다란 천장, 실크처럼 부드러운 천을 바른 벽, 금빛 가구와 왕족들의 초상화 등은 한 번도 본 적이 없기 때문이다. 나는 천장화가 그려진 몹시 호화찬란한 또 다른 홀을 지나 몽테스팡 부인이 있는 방으로 들어갔다. 시녀들에게 둘러싸인 몽테스팡 부인이 헐렁헐렁한 실내복을 걸친 채, 네 개의 기둥이 있는 침대에서 쉬고 있었다. 방에서는 독한 향수 냄새가 진동했다.

데죄이에가 내가 왔다는 사실을 알리자, 몽테스팡은 나를 안으로 들이도록 했다. 한 시녀가 향기로운 크림으로 마사지하는 중이었다. 몽테스팡이 내게 말을 걸었다.

"자, 우리 조향사 아가씨가 내 벌레 물린 자국을 치료하는 연고를 가지고 왔구나. 내게 보여 다오. 너의 신비로운⋯."

나는 얼굴을 붉히거나 떨지 않으려고 애쓰며 바구니에서 작은 통을 꺼냈다. 하지만 이곳의 모든 것이 내 정신을 어지럽게 만들었다. 화려한 장식과 실내복 차림으로 맞이하는 왕의 애첩 그리고 그 너머에는 머리를 아프게 하는 백리향과 재스민 향이 가득했다.

몽테스팡은 내 손으로 직접 포마드를 바르라고 말하고는 등을 휙 돌

1674년 7월, 베르사유

리고 누워 버렸다. 나는 당황했다. 순간 그녀의 얇은 속옷 속에 부풀어 오른 둥근 배가 보였다. 아름다운 몽테스팡이 임신을 한 것이다! 나는 최대한 신경을 써서 아주 부드럽게 그녀의 어깨에 연고를 발랐다. 그녀의 피부가 예민한 탓에 섬세한 주의를 기울여야 했다.

"이 끔찍한 뾰루지는 언제 없어질까?"

"마님, 저는 이 연고를 바르고 이틀 만에 나았습니다. 마님께서도 바르시고 나으시길 바랍니다."

"이틀이라고! 나을 때까지 분이나 발라야겠다. 서둘러라. 난 전하를 기다리고 있다!"

그것은 내게 남아 있던 약간의 자신감마저 완전히 잃게 하는 말이었다. 내가 연고를 꼼꼼하게 바르는 동안, 그녀는 연지, 가루분, 향수와 같이 내가 아는 것들에 관해 물어보았고, 다음날 립밤을 가져오라고 했다.

"마님께서는 어떤 것을 좋아하시는지요? 포도 성분이 들어가서 효과가 매우 뛰어난 립밤이 있습니다. 만일 마님의 입술이 너무 건조하다면 아몬드 유를 첨가해 드릴 수 있습니다."

몽테스팡은 내게 대답할 겨를이 없었다. 데죄이에가 들어와서 왕의 도착을 알렸기 때문이다.

나는 손에 들고 있던 작은 용기를 들고 나가야 하는지, 어디로 나가야 하는지를 몰라 그대로 있었다. 하지만 왕은 이미 애첩의 침대 쪽으로 향하고 있었다. 몽테스팡은 왕에게 눈부신 미소를 지어 보이며 그대로 누워 있었다. 나는 다른 시녀들을 따라 무릎을 구부리고 고개를 푹 숙여 절을 했다.

고개를 들자 왕이 보였다. 키는 별로 크지 않았지만 그보다 더 위엄이 있는 모습은 그 어디에도 없을 것 같았다. 당시 서른여섯 살이었던 왕에게는 기품이 넘쳤다. 입술 위로 난 세련된 콧수염이 얼굴과 아주 잘 어울렸다. 왕은 기분이 좋아 보였고, 후작 부인의 손에 입맞춤을 했다. 둘은 다정한 몇 마디를 나누었고, 왕은 부인의 아름다운 외모에 대한 찬사의 말을 건넸다.

데죄이에가 우리에게 옆의 홀 쪽으로 나가라는 신호를 했다. 나도 다른 시녀들과 함께 아주 조용하게 물러났고, 욕실에는 왕과 몽테스팡 단둘이 남았다. 내가 들어간 방은 화려하게 장식된 곳이었다. 팔각형 모양의 붉은 대리석 욕조가 유독 눈에 띄었는데, 금으로 된 수도꼭지가 달려 있었다. 그만한 크기의 욕조에서라면 꽤 여럿이 함께 목욕을 할 수 있을 것 같았다. 세 개의 계단을 밟고 욕조 안으로 들어가게끔 되어 있었다. 후작 부인이 방금 목욕을 해서 욕조에 물이 가득 차 있었다. 방 전체에 수증기가 가득했고 향수를 너무 많이 사용해서 숨이 막힐 지경이었다. 데죄이에는 내가 그곳을 살펴볼 틈을 주지 않았다. 그녀는 몽테스팡이 요청했던 립밤을 가지고 다음날 다시 오라고 말하면서, 현관으로 향하는 문 쪽으로 내 팔을 잡아끌었다.

다시 뜰로 나왔지만, 왕을 보았다는 사실에 나는 여전히 넋이 나간 채로 천천히 정문을 향해 가고 있었다. 그때 나를 부르는 소리가 들렸다.

"잔느!"

나는 소스라쳤다. 익숙한 목소리였다.

"피에르! 다시 만나서 정말 반가워요! 당신이 베르사유에 올 줄 몰랐어요!"

"왕과 귀족들이 이곳에 있다는 사실을 알고 샤이유 씨가 나를 보냈어요. 내게 모두 다 말해줘요. 후작 부인을 만났나요?"

나는 몽테스팡 부인의 처소에서 있었던 일을 그에게 간략히 이야기했다.

"굉장한 성공이군요. 잔느! 아테나이스는 아름답지만 까다로운 여자에요!"

"아테나이스라뇨?"

"몽테스팡 부인이 자신을 그렇게 부르는 거죠. 몰랐어요? 그녀는 향수와 향유 크림을 열렬하게 좋아한답니다. 난 그것에 얽힌 꽤 놀라운 일화도 들은 적도 있는걸요."

"들려주세요!"

"이야기는 왕이 발리에르 공작 부인과 몽테스팡 후작 부인 사이를 저울질하던 시기로 거슬러 올라갑니다. 혹시 루이즈 드 라 발리에르에 관한 이야기를 들은 적이 있나요?"

"그 분은 왕의 애첩이었어요. 그렇죠?"

"네, 아주 다정하고 대단히 정열적인 여자였죠. 그녀는 왕이 자신보다 후작 부인을 아끼는 마음이 확고한 것을 알게 되자 몇 달 전에 수녀원으로 들어가 버렸어요. 아무튼 발리에르 공작 부인은 눈부시게 아름다웠던 시절에 얼굴을 더 화사하게 보이기 위해 연지를 사용했다는군요."

"정말요?"

"다들 그렇게 말하더군요. 어쨌든 샘이 많은 몽테스팡 부인은 발리에르 부인의 연지를 갖고 싶어 했죠. 결국 그녀가 어떻게 했을 것 같아요?

"내가 그걸 어떻게 알 수 있겠어요? 몽테스팡 부인이 발리에르 부인에게 연지를 달라고 했나요?"

"말도 안돼요, 아가씨! 아테나이스는 그렇게 단순한 여자가 아니에요. 하지만 설령 요구했다 하더라도 발리에르 부인 또한 결코 자신의 연지를 몽테스팡 부인에게 주지 않았을 겁니다. 직접 달라고 한 것이 아니라, 후작 부인은 왕에게 연기를 했어요. 그녀는 왕에게 간청하여 발리에르 공작 부인이 그 연지를 자신에게 줄 수밖에 없도록 만들었답니다!"

나는 웃음을 터뜨렸다.

"농담하는 거죠?"

"천만에요! 그런데 최악의 사태가 벌어졌어요. 부탁한 대로 일이 진행된 거예요. 당신은 아직 어려서 순진하기 때문에 발리에르 공작 부인이 교환 조건으로 요구한 것은 말해 줄 수 없어요."

그는 이렇게 말하며 히죽거렸다. 나는 얼굴을 붉히며 화를 냈다.

"그런 말도 안 되는 얘기는 그만 하고, 사실대로 말해줘요!"

"당신의 순결한 귀를 더럽히고 싶지는 않아요, 잔느. 그럼 조금 둘러 말하기로 하죠. 발리에르 공작 부인이 그로부터 몇 달 후에 예쁜 아기를 낳았다는 것만 알려 줄게요."

"어머나!"

"네, 그래요. 그게 바로 베르사유의 풍속도이기도 하고요. 귀여운 아가씨, 베르사유에 온 것을 환영해요! 자, 난 이 길로 왕비님께 초콜릿을 전해 드리러 갑니다. 나와 함께 갈래요?"

나는 눈을 휘둥그렇게 떴다.

"내가요? 그래도 돼요?"

"물론이죠! 자, 가요. 왕비를 모시고 있는 스페인 출신의 펠리파 드 비제 씨를 당신에게 소개할게요. 매력적인 분이랍니다."

나는 마리 테레즈 왕비의 처소까지 피에르 롬므를 따라갔다. 2층으로 올라가니, 한 여자가 우리를 대기실로 안내했다. 후작 부인의 대기실과는 딴판으로 왕비의 대기실은 텅 비어 있었다. 왕의 애첩의 처소는 귀족들로 북적거리던 반면에 왕비를 만나려고 기다리는 이는 아무도 없었다. 심지어 가구들조차 지루해 보였다.

문이 열리자 갈색 머리의 젊은 여자가 우리 쪽으로 다가왔다. 그녀가 입은 어두운 색깔의 근엄한 드레스와 소박한 거동은 장소와 완벽한 조화를 이루는 것 같았다. 그녀의 평범한 이목구비와 생기 없는 머리카락은 몽테스팡의 그것과는 비교조차 할 수 없었다. 하지만 그녀의 친절하고 꾸밈없는 미소는 마음에 들었다.

"롬므 씨!"

그녀가 이렇게 외칠 때, 살짝 스페인 억양이 들린 듯 했다.

"이렇게 빨리 와주다니! 고맙군요. 왕비 마마께서 기뻐하실 거예요. 남은 초콜릿이 거의 없거든요!"

피에르는 그녀에게 정중하게 인사한 후, 가져온 것을 보여 주었다.

펠리파 드 비제는 우리를 자그마한 방으로 안내했다. 올리브유와 마늘 냄새가 강하게 배어 있는 그곳에는 향로, 냄비, 접시와 같이 요리에 필요한 것들이 모두 있었다. 놀랍게도 그녀는 손수 초콜릿을 만들었다.

펠리파는 쇼콜라티에르*에다 물과 향신료 그리고 설탕을 첨가하여 초콜
릿을 만들었다. 피에르와 나는 잠자코 그녀를 관찰했다. 마침내 그녀는
소문난 그 거품기를 돌리더니, 세 개의 잔에 음료를 담아 와서는 함께 시
음하기를 청했다. 내 입맛에는 초콜릿에 향료가 너무 많이 들어간 것 같
았지만, 펠리파는 만족스러워했다. 그녀는 피에르를 매우 칭찬하고는
호기심에 찬 얼굴로 나에 관해 물었다.

"프로방스 출신의 조향사에요. 정말 흥미롭죠!"

"다음번에는 당신이 만든 물건을 가져와서 내게 보여주면 좋겠어요.
물론 왕비 마마께 물건을 대주는 사람이 정해져 있기는 하지만, 나는 언
제나 새로운 사람들을 만나는 것을 더 좋아한답니다."

펠리파는 우리를 남겨두고 자리를 떠났다. 다시 피에르와 단둘이 있
게 되자, 나는 그녀가 정말 상냥한 사람 같다고 말했다.

"이곳에서 제일 좋은 여자에요. 사람들이 다들 그렇게 평가하니까요.
그러니 이 베르사유 궁에서 말하자면 출세한 셈이죠."

피에르가 말했다.

---

* 역주 - chocolatière. 은이나 구리, 점토 재질로 만든 용기로, 고형 초콜릿을 녹이거나 끓여서 초콜릿 음료
등을 만들기 위해 사용된 도구이다.

"우리끼리 있으니 당신에게 비밀을 털어놔도 되겠군요."

잘생긴 초콜릿 점원이 몸을 기울여 내 손을 잡고 귓가에 속삭였다.

"펠리파와 왕비가 배다른 자매라고 다들 그러더군요. 별로 놀랄 일은 아니죠. 마리 테레즈 왕비와 그녀는 늘 붙어 다니니까요!"

나는 설마 하는 눈빛으로 피에르를 바라봤지만, 그는 나름 진지해 보였다. 피에르와 함께 있을 때면 나는 어디서부터 어디까지가 농담인지를 전혀 분간할 수가 없다. 조금 혼란스럽기는 해도, 피에르가 그렇듯 짓궂게 굴 때마다 기분은 좋았다.

피에르는 베르사유에 관한 가장 따끈따끈한 소식을 내게 들려주고 싶은 눈치였지만, 나는 해야 할 일이 많아서 곧 다시 만나기로 약속한 후, 그와 헤어졌다.

9

"그래, 왕을 봤다고요! 잘 생겼던가요? 머리에 왕관을 썼던가요?"

"왕은 아주 멋있고 정말 위엄이 있더구나! 하지만 안타깝게도 그날은 왕관을 쓰지 않았더라고."

마르탱 르보는 실망한 듯 한숨을 쉬었다.

"나는 후작 부인이 목욕하는 빨간 대리석 욕조도 봤단다."

르보 씨 부부의 집으로 돌아온 나는 그 집 가족 전체의 관심을 한 몸에 받았다. 아이들은 내 이야기를 얌전히 듣고만 있지 않았다. 막내는 몽테스팡 부인이 욕조에서 물고기를 기를 거라고 했다.

내가 아이들을 무척 좋아하는 건 사실이지만, 그들에게 많은 시간을 할애하기에는 할 일이 너무 많았다. 몽테스팡이 주문한 상품들을 가지고 삼촌이 파리에서 막 돌아온 참이었기 때문이다. 나는 삼촌에게 후작 부인의 처소를 방문한 일과 피에르 롬므와의 만남에 대해 간략하게 말한 후, 내가 만든 향수를 보여주었다.

우리는 전날 내가 실험했던 것에 다양한 혼합물을 넣어 보면서 일을 시작했다. 혼합물을 에틸알코올에다 하룻밤 내내 담가 두었더니 연한 사과향이 났다. 사향이 들어간 장미 꽃물과 같은 몇 가지 향료를 혼합물에 첨가했다. 그리곤 다시 냄새를 맡아보았다. 드디어 내가 원했던 향수를 만들어낸 것이다. 왕의 애첩을 사로잡았던 향유 크림처럼 신선하면서도 꽃물보다는 훨씬 자극적이고 장미와 사과를 연상시키는 향수를 얻은 것이다. 삼촌도 내 생각에 크게 공감하면서 칭찬해 주었다.

"내일 우리 둘이서 후작 부인을 만나러 가자. 왕이 베푸는 연회가 언제까지 계속될지 모르겠지만 내 생각에는 우리가 베르사유에서 좀 더 머무르게 될 것 같구나. 어제는 왕의 애첩이 향수와 벼룩에게 물린 자국에 쓰이는 연고를 원했잖아. 그런데 오늘은 립밤을 원했고. 그럼 내일은? 아마도 가루분이나 연지일거야."

"저는 베르사유에 계속 남고 싶어요!"

"그라스의 가족과 집이 그립지 않니?"

삼촌의 갑작스런 질문에, 나는 파리나 이곳 베르사유에서 아주 행복하며 삼촌과 함께 일하는 것보다 더 즐거운 일은 없다고 답했다. 삼촌은 내 대답을 듣더니 만족스러워했다.

"후작 부인이 나를 욕실에서 맞이했는데, 정말 놀라운 곳이었어요! 그녀는 그 커다란 욕조에서 왕과 함께 목욕할까요?"

"아가씨가 과연 그런 질문을 해도 될까?"

삼촌은 충격을 받았다기보다는 매우 놀란 표정을 지었다.

"몽테스팡 마님은 의사가 처방을 해야 목욕을 할거야. 왕도 마찬가지고! 두 분 모두 목욕이 위험할 수 있고 몸을 피로하게 만든다는 걸 알고 있으니까. 에틸알코올을 가지고 몸을 문지르고, 비너스의 손수건이나 깨끗한 리넨으로 몸을 닦은 후, 마른 수건질을 하는 편이 낫지. 왕이 하루에도 리넨을 세 번이나 바꾼다고 다들 말하더구나."

나는 팔레트를 들고 왕의 애첩이 부탁한 립밤을 만들기 시작했다. 맑은 피부와 예쁜 파란 눈을 한 그녀가 흡족해하는 모습을 상상했다.

"몽테스팡 마님은 멋져요."

"그래, 이 나라에서 가장 아름다운 여자야. 그리고 그녀 자신도 알고 있고."

나는 몽상에 잠겼다. 화려한 방에서 시녀들에게 둘러싸여 세상에서 가장 위대한 왕의 사랑을 받으며 살아가는 후작 부인의 특별한 삶이 과연 어떠할지 상상해 보았다.

"무슨 생각을 하는 거니?"

"그 분처럼 예쁘고 베르사유처럼 멋진 궁궐에서 살 수 있다면 아주 근사한 일일 거라는 생각이 들었어요."

그날 밤 잠들기 전, 어느 날 내가 파리에서 삼촌과 함께 '오랑주리'에서 일하고 있는 모습을 그려 보았다. 삼촌에게는 그를 이을 자식이 없었고, 나는 그의 핏줄이자 남다른 '코'를 갖고 있으니, 어찌보면 자연스러운 일일지도 모르겠다는 생각도 들었다. 나는 종종 베르사유에 올 수 있을 테니, 후작 부인에게 향수와 화장품 등을 대면서 아름다운 베르사유도 계속 보게 될 것이다. 더욱이 내가 파리에 있게 되면 초콜릿 가게의 피에르도 다시 만나게 되겠지. 꿈을 꾸듯 그려 본 나의 미래는 찬란하게 빛나고 있었다.

다음날, 몽테스팡 부인을 만나면서 나는 다시 현실로 돌아왔다. 그해 7월 초는 더웠다. 궁궐의 복도와 계단에서 고약한 소변 냄새가 진동했다. 삼촌은 그 정도는 일상적인 일이므로 금세 익숙해져야 한다고 했다. 궁궐 안에는 화장실이 거의 없는데다가 궁을 찾는 이들이 위생 수칙을 은근슬쩍 어기기 때문이다. 예전에는 나도 미처 알아채지 못했지만, 왕이 한 달이 넘도록 궁을 떠나 있을 때마다 사람들은 지금껏 그런 식으로 지내왔던 것이다!

후작 부인의 처소는 단지 겉으로만 호화롭고 세련된 것이 아니라, 사향과 호박, 사향고양이의 향과 또 다른 매혹적인 향기가 났다. 궁중 예복을 입은 사람들이 몽테스팡을 만나기 위해 대기실에서 기다리고 있었다.

데죄이에는 우리를 드레스룸으로 들어가게 했다. 왕의 애첩은 꽃다발이 수놓인 치마와 함께 입을 푸른색 - 그녀의 눈동자와 같은 색이었다. - 의 멋진 상의를 입어보는 중이었다. '이노상트 스타일'이라 불리는 드레스로, 허리 부분이 약간 헐렁해 보였다. 임신한 사실을 숨기기 위해 풍성한 스타일로 만든 드레스를 '이노상트'라고 부르는데, 알고 보면 다소 비아냥거리는 뉘앙스가 숨겨진 표현이다. 재단사가 무릎을 꿇고 드레스의 단을 재고 있었다.

"드디어 왔군요. 통바렐리, 정말 어찌할 바를 모르겠어요. 향수는 만들어 왔나요?"

후작 부인은 삼촌이 내민 향수병을 받아들고는 뚜껑을 열고 손에 몇 방울을 흘렸다.

"완벽해요."

---

* 역주 - '이노상innocent'이라는 어휘 자체는 프랑스어에서 '순진한' 혹은 '순수한'을 뜻을 지닌 반면에, '이노상트'는 17세기 무렵 프랑스의 임산부들이 아기를 가진 사실을 감추기 위해 입었던 벨트가 없고 느슨한 스타일의 드레스를 가리켰다.

그녀는 기뻐하며 말했다.

"이게 바로 내가 원했던 거예요! 이것과 똑같은 향수 세 병을 최대한 빠른 시일 내에 만들어 와요. 나는 이 향수를 뿌리겠어요. 전하께서 베푸시는 연회가 열리는 그날 처음으로 말이에요…."

삼촌은 공손하게 허리를 굽혔다. 우리가 드디어 해냈다는 생각에 나는 정말 가슴이 뿌듯했다. 후작 부인은 어깨를 살짝 드러내면서 내게 말했다.

"애야, 네가 만든 연고의 효과가 놀랍더구나. 벌써 아무런 흔적도 없이 사라졌단다."

내가 후작 부인에게 작은 크림 통을 보여주려고 하자 삼촌이 말했다.

"마님께서 말씀하셨던 립밤을 잔느가 만들어 왔습니다."

몽테스팡은 곧바로 립밤을 발라 보았다.

"정말이니? 네가 훌륭한 조향사가 될 소질을 타고 난 것이 틀림없는 것 같구나. 흥미로운 일이야."

후작 부인은 나를 잠시 뚫어져라 보더니 생각에 잠겼다.

"내가 말하는 향수를 네가 그대로 만들 수 있을지 모르겠구나. 오랑주리*에 가보거라. 꽃이 만발한 갖가지 나무들을 볼 수 있을 테니. 전하께서는 오렌지 나무의 향기를 가장 좋아하시지. 베르사유의 오렌지 나무 향기는 아주 특별하다고 늘 말씀하신단다. 그것과 가장 가까운 냄새를 지닌 향수를 만들거라. 나는 콜베르 씨가 뿌리는 단순한 꽃 향수보다 더 세련된 향을 원한단다. 알겠니?"

"네, 후작 부인 마님."

"만약 그것이 내 마음에 든다면, 전하께 바칠 생각이다."

삼촌은 이 말에 경의를 표했고, 나 또한 공손히 절했다. 후작 부인은 덧붙여 말했다.

"네가 궁으로 들어와서 일을 했으면 좋겠다. 트리아농의 조향실에서 일을 하도록 해. 그곳에 있으면서 향수를 만드는 데 필요한 모든 기술을 보고 배울 수 있을 게야. 너를 한동안 내 가까이에 두고 싶구나. 네 시중이 필요할 것 같다."

후작 부인은 데죄이에게 신호를 보냈고, 대화는 그렇게 끝났다. 삼촌은 일에 착수하기 위해 서둘러서 르보 씨네로 돌아갔다. 나는 앞으로 일하게 될 트리아농 정원을 둘러보며 미리 감탄사를 쏟아내고 싶었고,

---

* 역주 - 베르사유 궁에 있는 오렌지 나무 정원을 가리킨다. 오랑주리는 당시에 이미 겨울을 대비한 온실까지 갖추고 있었다.

말로만 듣던 그 유명한 오렌지 나무들도 빨리 보고 싶은 마음에, 삼촌과는 저녁에 다시 만나기로 하고 서둘러 그와 헤어졌다.

나는 긴 통로를 가로질러 성의 다른 편으로 가 보았다. 눈앞에 펼쳐진 전경을 보자 숨이 막히는 것 같았다. 한없이 펼쳐진 푸르른 정원에는 마치 성벽처럼 가로막고 있는 분수와 정원수 그리고 조각상들이 늘어서 있었고, 곧게 뻗은 산책로와 정원이 서로 조화를 이루고 있었다. 멀리 다른 건물들과 숲이 보일 듯 말 듯 했다. 나는 황홀감에 젖어 마음 내키는 대로 오솔길을 걸었다. 너무도 아름다운 곳이었다.

새들이 지저귀고 맑은 공기에는 꽃향기가 가득했다. 아주 작은 물방울들이 바람에 흩날리는 분수로 꾸며진 연못가를 돌았다. 아름다운 귀족 부인들이 산책을 하고 있었고, 손에 파라솔을 든 하인들이 그 뒤를 따르고 있었다. 어디선가 익숙하면서도 감미로운 재스민 향이 갑자기 코끝에 느껴졌다. 냄새가 이끄는 곳으로 가보니 아주 멋진 정원이 나타났다. 그토록 흠잡을 데 없이 아름다운 꽃들은 난생처음 보았다. 꽃잎 하나, 나뭇잎 하나도 상한 데가 전혀 없었다. 이곳에서는 식물들이 조금이라도 시드는 것 같으면 즉시 교체한다는 사실을 나중에서야 알았다. 꽃에서 향기가 나지 않는다면 그야말로 조화로 착각할 정도였다. 데이지 꽃 화단 옆으로는 베로니크, 꽃무우, 투베로즈, 패랭이꽃, 백합 등의 화

1674년 7월, 베르사유

단이 죽 이어졌다. 정성들여 전지된 회양목의 울타리가 화단의 경계를 이루고 있었다.

"실례합니다, 아가씨."

나는 깜짝 놀라서 뒤를 돌아보았다. 금발머리에 키가 크고 밀짚모자를 쓴 청년이 외바퀴 손수레를 밀고 있었는데, 수레에는 화분에 심겨진 커다란 오렌지 나무가 실려 있었다.

"좀 밀어드릴까요?"

아주 우스꽝스러운 얼굴로 입술을 반쯤 벌리고 있는 그를 보자 나는 웃음을 참기 위해 입술을 꽉 깨물었다.

"당신이 이 아름다운 오렌지 나무를 어디로 가져가는지 알고 싶어요."

"알고 싶으면 저를 따라오세요."

그의 뒤를 따라 가 보았더니 그는 마치 담벼락처럼 늘어선, 잘 다듬어진 나무들 앞에 멈춰 섰다.

그곳에는 밖으로 잘 드러나지 않는 작은 정원으로 가는 통행로가 나 있었다. 작은 정원의 중심에는 장방형의 연못이 있었는데, 연못은 계단식 좌석이 걸쳐진 대리석 테이블들로 둘러싸여 있었다.

"굉장하군요. 여기는 어떤 곳인가요?"

"마레의 후원이에요."

"모르셨어요? 이 후원의 구석구석에는 숨겨진 정자들이 제법 많답니다."

그는 오후 4시쯤 이곳에서 연회가 시작될 예정이라면서, 다음날을 위해 준비할 것이 있다고 했다.

"왕과 초대받은 손님들이 그늘진 곳에 자리를 잡고 야참을 먹을 겁니다. 연회는 늘 그랬듯이 화려하겠죠. 자, 당신한테 보여 주고 싶은 게 있어요. 정원의 연못 한가운데에 있는 섬에 심겨진 듯한 나무와 그 주변의 갈대가 보이나요? 모두 청동으로 된 것들이에요."

"네, 보여요."

"이걸 보세요!"

정원사는 연못을 둘러싸고 있는 대리석 테이블을 가리켰다. 주변에는 온통 금줄로 장식된 물병, 물잔, 꽃병 모양을 한 신기한 조각품들이 있었다. 안내를 해 주던 정원사는 손수레를 잠시 내려놓고 말했다.

"여기에 그대로 있어요. 절대 움직이면 안 돼요."

그는 어디론가 사라져 버렸다. 나는 그가 무슨 일을 꾸미려는 건지 슬슬 궁금해지기 시작했다. 갑자기 어디선가 꾸르륵하는 소리가 들렸다. 나는 깜짝 놀랐다. 청동으로 만들어진 나뭇가지와 인조 갈대에서 물이 솟구쳐 나왔다. 더욱 놀라웠던 것은 작은 물줄기들 때문에 청동 조각품들이 마치 살아 움직이는 것 같았고, 심지어 크리스털 꽃병과 잔으로 착

1674년 7월, 베르사유

각할 것만 같았다! 나는 탄성을 질렀다.

"정말 신기하네요!"

"그럴 줄 알았어요."

어깨를 으쓱하며 그가 말했다.

"자, 이제 물을 잠가야겠어요. 그렇지 않으면 벌을 받을 테니까요."

나는 그에게 진심으로 감사한 마음이 들었다. 그는 얼굴을 붉히며 말했다.

"나는 계속 일해야 해요. 내일 이곳은 화병에 꽂은 꽃들과 오렌지 나무로 가득 차게 될 거예요. 나는 다른 꽃들을 찾으러 오랑주리로 갑니다."

"저도 따라갈게요!"

"오렌지 나무에 관심이 많으세요?"

땀에 들러붙어 아주 뻣뻣해진 금발 머리에 크고 순박한 눈을 한 그의 모습은 정말 우스워 보였다.

"네, 저는 조향사에요. 몽테스팡 후작 부인께서 제게 오렌지 꽃으로 향수를 만드는 일을 맡기셨답니다."

"그렇다면 당신은 바로 이곳에서 행운을 찾을 수도 있겠군요."

우리는 궁궐의 테라스에서 내려다 보이는 오랑주리 앞에 도착했다.

새로 알게 된 이 남자의 이름은 니콜라였고, 꽃으로 트리아농을 장식하는 임무를 맡은 수석 정원사 르부퇴 씨 밑에서 일하고 있었다. 그가 오랑주리를 구경시켜 준 덕분에 나는 그곳에서 감귤류 나무[*]를 아주 많이 발견할 수 있었다. 그중 어떤 나무에는 꽃이 활짝 피어 있었고, 또 어떤 나무에는 햇과일들이 주렁주렁 달려 있었다. 니콜라는 추운 겨울 동안 이 나무들을 보존하기 위해 베르사유에서 어떤 방법을 쓰는지를 설명해 주었지만, 나는 그의 설명은 듣는 둥 마는 둥 하고 만발한 오렌지 꽃의 향기만 맡고 있었다.

그러리라 짐작은 하고 있었지만, 이곳의 온갖 열매와 꽃들이 뒤섞여 풍기는 달콤한 냄새에서는 오렌지 꽃 한가지로만 만든 그라스의 향수보다 과연 훨씬 더 풍부한 향이 느껴졌다. 내가 정말 제대로 된 향수를 만들어 보고 싶다면, 이곳 베르사유에서도 열심히 조향 작업을 해야 할 것 같았다!

---

[*] 오렌지 나무를 비롯하여 레몬 나무, 유자나무, 탱자나무 등이 감귤류 나무에 해당된다.

1674년 7월, 베르사유

1674년 7월 4일,
베르사유

10

다음날, 클로드 데죄이에는 나를 조향실로 데려갔다. 정원을 30분쯤 걸어서야 비로소 신비에 싸인 트리아농에 도착했다. 그곳은 왕과 그의 측근들이 은밀하게 만나는 자그마한 공간이었다. 파란색과 하얀색의 도자기 타일로 뒤덮인 중국식 건물들은 '도자기를 입힌 트리아농'이라는 이름이 딱 어울렸다. 외딴 곳에 자리하고 있어서 신비감이 느껴지는 정원에는 온통 향기로운 식물들뿐이었다. 아직 이른 오전인데도 나는 이미 장미와 투베로즈의 향이 어우러진 재스민의 강한 향기를 맡았다.

"여기가 전하의 별장이야."

데죄이에가 말했다.

"별장을 둘러싸고 있는 네 개의 작은 건물들에서는 전하께서 손님들과 함께 드실 야참을 준비하게 될 거란다. 여기서 보이는 게 앙트르메를 준비하는 곳이야. 저기에는 잼을 만드는 곳이 있고…."

너무 근사해서 나는 눈이 휘둥그래졌다.

"저쪽에서는 포타주와 앙트레를 그리고 가장 멀리 떨어진 저 건물에서는 과일과 뷔페를 차리게 될 거란다."

조향실은 그 뒤편에 마련된 작은 건물에 있었다. 그곳에 가려면 나뭇잎으로 뒤덮인 지붕을 얹은 건물의 뒤편으로 지나가야 했다.

데죄이에는 내게 열쇠를 주었다.

"이 곳을 이용하렴."

그녀는 내게 푸른색과 흰색으로 멋지게 장식된 작은 방을 보여주면서 말했다.

"하지만 전하께서 정원을 산책하거나 햇빛을 피해 잠시 쉬고 싶으실 때는 간혹 이곳에 오시기도 해. 그러면 너는 모습이 보이지 않도록 이곳에서 빠져나와 전하께 양보해 드려야 한다. 에센스는 이곳에 있고…."

클로드 데죄이에는 서랍장으로 다가가서 라벨이 붙은 향수병들로 가득한 서랍 하나를 열었다.

"전하는 향수를 아주 많이 좋아하신단다. 이 서랍 안에 가장 진귀한 향수들을 죄다 모으길 원하셔. 말하자면 개인 수집이나 마찬가지이기 때문에 전하께서는 귀한 손님들에게만 보여주신단다. 너는 이곳에서 작업을 하게 될 거야."

그녀는 작은 방을 열어 보였는데, 그곳에는 조향사에게 필요한 재료와 도구들이 다 있었다. 접시, 주걱, 저울, 향수병들과 막자사발 그리고 꽃물이 든 향수병들, 에틸알코올 병들이 가지런히 정돈되어 있었다.

"후작 부인 마님께서 허락하셨으니 네가 원하는 대로 이용해도 된다. 다만, 네가 사용한 것들은 이 노트에 빠짐없이 적어 놓으렴. 다 쓴 것은 다시 채워놓을 수 있도록 말이야. 필요한 경우에는 내가 사람을 보내어 너를 부를 거야."

데쥐이에는 설명을 마치자마자 가버렸다.

나는 오전 내내 이 독특한 장소의 호화스러운 요소들을 하나씩 하나씩 뜯어 보았다. 나를 방해하는 것은 아무 것도 없었다. 나는 직사광선을 피해 조향실의 진열장 안에 보관된 에센스들의 목록을 작성하는 일부터 시작했다. 놀랍게도 베르사유에서 따서 증류된 후, 제작 일자 순서대로 라벨이 붙여진 오렌지 나무와 유자나무의 꽃물이 든 여러 개의 병을 발견했다. 덕분에 내가 직접 생화를 다룰 필요는 없었다. 베르가모트와 레몬 에센스도 찾아냈다. 결국 감귤류의 향수를 조제하기 위해 필요한 것들과 고급 호박, 유향, 사향고양이의 향 그리고 사향까지 모두 갖추어져 있었다. 조향실에서 찾아낸 재료들을 죽 둘러본 후, 나는 의욕을 불태우며 작업에 들어갔다.

정오 무렵이 되자, 한 시종이 쟁반에 맛있는 점심을 담아 가져왔다. 식사를 하기 위해 자리에 앉으면서, 내가 정말로 운이 좋은 사람이라는 생각이 들었다. 나는 어느 아름다운 여름 날, 극도로 사치스러운 베르사유라는 '인형의 집'에 있다. 나는 방금 자고새의 흰 살과 자수를 놓은 리넨 천을 덮은 복숭아가 한 접시 담긴 점심상을 받았다. 창문 너머로 세상에서 가장 아름다운 정원을 즐길 수 있고, 최고의 향수들도 마음껏 맡아볼 수 있다. 그저 내가 할 일은 왕에게 바칠 향수를 만드는 것 뿐이다. 달리 내가 무슨 생각을 할 수 있을까? 사랑하는 누군가와 이 행복을 나누는 것 외에는….

이런 생각에 골몰하고 있는데, 갑자기 문이 열렸다. 놀랍게도 발그스레한 얼굴에 땀방울이 맺힌 마르시알이 들어왔다! 그는 분을 바르고 가발을 쓰고 있었으며, 은 단추가 달린 파란색 실크 양복 속에 목이 파묻혀 있었다. 마치 귀족이라도 되는 양 검까지 차고 있었다.

어리둥절해하는 내 모습을 본건지 못 본건지 분명치 않지만, 어쨌든 그는 모르는 척 했다. 삼촌을 통해서 내가 이 조향실에 있다는 얘기를 듣고서 인사하러 왔다는 것이다.

"나는 전하께서 돌아오셨다는 소식을 접하자마자 베르사유로 달려왔답니다. 전하께 드릴 향수와 크림을 가져왔거든요. 그 분은 출정 중에 향수와 크림을 아주 많이 사용하셨답니다! 굉장히 많이요! 그리고 이미 들으셨겠지만, 전하께서 햇볕에 얼굴을 그을리셨다 하네요!"

마르시알은 웃음을 터뜨렸지만 나는 미처 그의 말을 따라가지 못했다.

"얼굴을 그을리셨다고요?"

"노천에서 햇볕을 받으면 피부가 그을리는 건 당연한 일인데, 아무튼 몹시 화가 나셨다고 하네요! 하지만 전하께서 내가 가져온 백합 크림을 바르시면 뽀얗고 생기있는 피부를 금세 되찾으실 거예요."

그리곤 숨 돌릴 사이도 없이 내게 꼬치꼬치 캐물었다.

"당신 삼촌께서는 당신이 후작 부인을 위해 향수를 만든다고 하시던데요?"

내 표정이 굳어졌다. 도대체 삼촌은 어째서 이 멍청한 사람에게, 더구나 경쟁자에게 내 일에 대한 말을 했을까?

"그래요, 운이 좋았던 거죠. 막 시작하려던 참이에요."

"재스민을 사용하시나요? 투베로즈? 오렌지 꽃?"

나는 꺼내놓은 향수병을 그가 보지 못하게 하려고 작업대 앞에 버티고 서 있었다.

"아직 정하지 못했어요."

"당신은 틀림없이 무언가 아주 완벽한 것을 만들어 낼 것 같군요! 삼촌께선 당신을 최고로 여기시고, 뛰어난 재능을 타고났다고 생각하시더군요. 당신은 운이 참 좋은 사람이에요."

혹시라도 어설퍼 보일까봐 나는 뭐라 대답할 엄두를 내지 못한 채 머뭇거리고 있었다. 다행히 방해꾼은 곧 가버렸다. 그가 이 넓고 넓은 트리아농에서 일부러 내게 인사하러 온 이유가 몹시 궁금했다.

나는 다시 일을 시작했다. 오후가 다 갈 무렵, 갑자기 사람들의 소리가 들렸다. 창가로 다가가니 커다란 바구니를 들고 씩씩하게 걸어가는 정원사들의 행렬이 보였다. 아마도 마레 숲에서 연회가 시작하려는가 보다! 비록 한번 일을 시작하면 손에서 놓지 못하는 나이지만, 순간 강렬한 호기심에 이끌려 밖으로 나갔다. 그리곤 정원사들 가운데에서 니콜라를 발견했다. 인사를 건네자 그는 모란꽃처럼 얼굴을 붉혔다.

"미안하지만 당신과 함께 할 시간이 없어요. 일해야 하거든요."

"마레의 후원으로 가는 중인가요?

"아뇨. 전하와 손님들이 이미 그곳에 계시니 음악회가 시작되었을 거예요. 우리는 대리석 정원으로 가서 준비를 해야 해요."

내가 어리둥절한 표정을 짓자 니콜라는 이어서 말했다.

"오늘 밤, 대리석 정원에서 공연을 하거든요. 몰랐어요? 우리는 전하께서 오시기 전에 모든 준비를 마쳐야 하기 때문에 서둘러야 해요. 혹시 꽃을 좋아하세요?"

"물론이죠!"

1674년 7월 4일, 베르사유

"그럼, 내 일도 좀 도와 줄 수 있겠네요."

나는 주저했다.

"연회를 구경하러 후원으로 갈 생각이었어요."

니콜라는 고개를 저었다.

"당신이 접근하도록 내버려 두지 않을 거예요."

결국 나는 눈코 뜰새 없이 바쁜 그 남자를 따라가게 되었다. 우리는 궁궐의 맞은편을 지나쳐갔다. 모든 귀족들이 왕과 함께 있었기 때문에 그곳은 텅 비어있었다. 대리석 정원은 알아볼 수 없을 만큼 많이 달라 보였다. 그곳에는 거의 창문 높이까지 이르는 단이 놓여 있었고, 시종들은 조그만 원탁과 꽃병, 촛대, 의자를 들고 꿀벌통의 벌들처럼 분주히 뛰어다니고 있었다. 바닥으로부터 솟아오르는 분수대가 있었는데 물의 주입구는 잠겨 있었다. 니콜라는 그가 맡은 일에 대해 내게 설명했다. 오늘 밤 공연이 펼쳐지는 동안, 분수가 배우들의 목소리와 음악을 방해하지 않게끔 조용히 솟아오르도록 주의를 기울여 작동시켜야 하는 것이다. 이 연회를 기획한 사람의 발상에 따르면, 정원사들로 하여금 수없이 많은 생화로 인공 연못을 꾸미게 한 다음, 물이 연못으로 조용히 흐르게 하는 것이었다.

니콜라의 일을 돕고 싶었던 것일까? 나는 흔쾌히 승낙했다. 그리고는 매우 향기로운 흰색 패랭이꽃 몇 송이를 바구니에 담았다. 나는 꽃의 바다 한가운데에 빠져 있는 듯한 환상적인 기분에 취한 채 오후를 보냈다. 내 주변에는 온통 아름다운 것들뿐이었다. 파란색과 금색의 조그만 원탁 위에는 도자기 꽃병과 은촛대가 놓여 있었고, 시종들은 밀랍 초가 꽂힌 크리스털 샹들리에를 아치형 통로에 걸어놓았다. 나는 공연도 연회도 구경할 수 없겠지만, 그저 준비를 돕는 것만으로도 무척 즐거웠다.

그날 저녁, 르보 씨네로 돌아온 나는 삼촌과 다시 만났다. 삼촌은 내 포뮬러를 이용해서 후작 부인에게 줄 향수를 만드는데 꼬박 하루가 걸렸다고 했다.

"다 됐다. 내일 몽테스팡 부인에게 가져갈 거야. 이 향수에 어울릴 만한 이름도 생각해 두었지. 포메로즈*란다."

삼촌이 말했다.

"매력적인 이름이네요."

* 역주 - 사과와 장미가 어우러진 향수.

1674년 7월 4일, 베르사유

나는 의자에 털썩 주저앉아, 하루 동안의 일들을 삼촌에게 들려주었다.

"왕이 베푸는 연회는 늘 호화롭고, 프랑스 궁정의 명성을 전 세계에 드높인단다."

삼촌은 설명했다.

"우리 같은 조향사나 재단사, 정원사 그리고 요리사들은 그저 평범한 장인들에 불과하지."

"삼촌, 전 충분히 만족해요! 다음 연회가 언제 열리는지 알고 계세요?"

"다음 주 수요일인 11일이야. 륄리*의 음악회가 열린다는데, 후원에서 음악을 들으면서 저녁 식사를 할 예정이라는구나. 바로 그때, 너는 그 조향실에서 향수를 완성해야 한다."

나는 삼촌에게 조향실에서 갖가지 꽃물들을 발견하기도 하고, 이것저것 새롭게 시도해 본 것에 관해 말했다.

그때 누군가가 찾아왔다. 장 샤를 마르시알이 또 찾아 온 것이다! 온 몸이 땀범벅이 된 그는 몹시 흥분한 모습으로 우리에게 달려왔다.

"통바렐리 씨, 큰일 났어요! 당신의 도움이 필요합니다!"

---

* 역주 - Lully, 루이 14세에게 충성스러웠던 이탈리아 출신의 음악가.

"무슨 일이죠?"

"오를레앙 공께서 향수가 다 떨어졌다는군요! 오를레앙 공께 남은 향수가 하나도 없다는 말이 이해가 되나요?"

나는 그에게 의자를 권했지만, 그는 오르골*처럼 규칙적으로 '오를레앙 공께 향수가 하나도 없다는 걸!'이라는 말을 끝없이 반복했다. 인내심을 발휘하여 꾹 참고 물어보고 나서야 그에게 닥친 문제가 무엇인지 알 수 있었다.

오를레앙 공은 오래전부터 그의 향수를 만들어온 아버지 마르시알의 상점에서 향수를 받아왔던 것이다. 아버지가 세상을 떠났지만, 아들 장 샤를은 아버지의 향수 비법을 조금도 연구하지 않았다. 아버지 마르시알은 지나치게 신중한 나머지, 향수 조제법을 그 어디에도 기록해 두지 않았다. 그럼에도 이 어리석은 아들은 아버지의 향수 조제법을 열심히 연구하고, 조수들로 하여금 아버지의 향수를 따라서 만들도록 하기는커녕, 갖고 있던 향수를 아무 생각 없이 팔아온 것이다. 그러다 향수가 바닥이 났다는 사실을 이제야 알게 되었다.

"바로 오늘 저녁, 오를레앙 공의 향수가 다 떨어졌다는 사실을 알게

---

* 역주 - 일정한 음악이 자동 연주되는 음악 완구.

1674년 7월 4일, 베르사유

된 겁니다! 공작께선 얼른 향수를 받고 싶어 하신다고요. 이제 끝이에요! 난 죽었어요. 망했다고요. 모든 걸 잃고, 명예도 잃었어요!"

나는 더 이상 참을 수 없었다.

"자, 그만하세요! 그 향수에 대해 완벽하게 알고 계시잖아요. 똑같은 향수를 만들려고 노력해 보세요. 그러다가 필요하다면 당신이 데리고 있는 조수들의 도움을 받으면 되잖아요!"

삼촌은 마치 내가 몸이 불편한 사람에게 나무에 오르고 싶은지를 묻는 잔인한 사람이기라도 한 것처럼, 비난이 가득한 눈초리로 나를 보았다. 하지만 대체 뭐람! 이 어리석은 인간은 타고난 재능도 없으면서 버젓이 조향사라고 불리지 않는가!

"다른 어떤 향수도 그것과는 비슷하지도 않아요. 뭐라 표현할 수가 없다고요! 당신들은 내가 의지하고 도움을 청할 수 있는 유일한 사람들입니다. 부탁할게요. 아니, 부디 간청합니다. 내가 그 향수를 만들 수 있도록 도와주시길 간청합니다!"

나는 삼촌이 틀림없이 그의 부탁을 거절할 것이라 생각했다. 삼촌에게는 이미 할 일이 잔뜩 쌓여있었고, 더욱이 마르시알은 아무 생각 없이 살다가 스스로 그런 곤경에 빠졌기 때문이다. 하지만 삼촌의 대답을 듣고 나는 경악하고 말았다.

"내게 당신에게 남은 향수를 주세요, 마르시알 씨. 그러면 내가 최선을 다해 만들어 보겠소."

마르시알은 마치 청천벽력 같은 소리라도 들은 사람처럼 삼촌을 바라보았다.

"하지만, 통바렐리 씨, 모르시겠어요? 남은 향수가 없다니까요! 단 한 병도요! 하나 남은 향수는 오를레앙 공의 옷장 안에 있답니다."

//

삼촌은 장 샤를 마르시알을 돕기 위해 한 가지 묘안을 냈다. 삼촌이 오를레앙 공에게 크림과 로션을 보여주겠다고 하면서 그에게 만나길 청하는 것이다. 그러면 나는 삼촌과 함께 갈 것이고, 오를레앙 공이 바로 그날, 문제의 향수를 뿌렸다면 냄새를 맡아볼 기회를 엿볼 수 있을 것이다. 그러고 나면 우리는 알아낸 냄새의 정보를 참고하여 느낌을 비교해 보면서 향수를 만들면 될 것이다. 하지만 우리에게는 이미 몽테스팡을 위해 할 일이 너무나 많았다! 나는 화가 났다. 삼촌이 이깟 멍청이에게 지나치게 너그러운 것 같았다.

그렇게 해서 다음날, 우리는 후작 부인을 위해 일하는 대신에 오를레앙 공 처소의 대기실에서 기다리고 있었다. 키 큰 시종이 문을 열자 삼촌은 용건을 말했다.

"오를레앙 공께서 잠시 후에 당신들을 만나주실 겁니다."

우리는 몹시 화려한 방으로 들어갔다. 오를레앙 공은 머리 손질을 받고 있었다. 우리가 절을 하자 그는 우리를 향해 머리를 끄덕였다. 나는 오직 한 가지 사실에만 집중했다. 공작의 몸에 뿌려진 향수 냄새를 맡기 위해서는 최대한 은밀하면서도 신중해야 한다. 결코 만만치 않은 일로 보였다. 향로에서 피어오르는 계피 향 방향제를 비롯하여 온갖 냄새가 방을 가득 채우고 있었기 때문이다.

"당신은 몽테스팡 후작 부인에게 물건을 대주는 사람이잖소. 그러니 내 피부색을 원래대로 되돌릴 수 있는 무언가를 만들어 줄 수 있겠지요? 보기에도 흉하게 그을리다니, 정말 화가 나는 일이오."

나는 마룻바닥에 시선을 고정시킨 채 정신을 모았다.

'재스민이 아니라 패랭이꽃, 약간의 투베로즈와 사향 등의 향기였어.'

"보여주겠소? 굉장히 좋은 향이 나는군! 그걸 바르면 정말로 내 얼굴이 희어진다는 거요? 통바렐리 씨, 효과를 보게 되면 당신의 말을 믿겠소. 마르시알이 가져다 준 향유 크림은 별로 마음에 들지 않아."

'그래, 사향과 회색 호박이야. 그런데 또 다른 냄새가 나네? 이건 내가 모르는 건데….'

"공작님, 저는 그 크림에 대해 매우 자부심을 느낍니다. 혹시 저희가 만든 비누도 보고 싶으신가요? 아니면 미백 화장수를 보여 드릴까요?"

'그래, 바로 그거야. 가까이 가는 거야. 아, 가발에도 향수를 뿌렸구나! 그래서 내가 쉽게 알아내지 못했어. 자, 이번엔 투베로즈 향수 몇 방울이군. 거의 알아냈어. 그런데… 이 이상한 향기는 뭘까?'

"잔느!"

나는 소스라치게 놀라 고개를 들었다. 삼촌이 눈살을 찌푸리며 나를 보고 있었다.

"공작님께서 영광스럽게도 네게 질문을 하시는구나!"

"주의가 정말 산만한 아이로구나."

오를레앙 공은 너그러운 미소를 지으며 내게 말했다.

왕보다 두 살 아래인 오를레앙 공은 형과 그리 많이 닮은 것 같지는 않았다. 자그마한 체구에 약간 오동통하면서 부드러운 이목구비는 상냥하지만 소심한 성격을 말해주고 있었다. 화장에 관한 그의 여성적 취향을 이미 알고 있었기에, 분을 바르고, 손가락에는 화려한 다이아몬드를 끼고, 몸에 꼭 맞는 상의를 입은 그의 모습이 전혀 놀랍지 않았다.

그는 내게 질문을 되풀이했다. 그라스에서는 오렌지 나무가 추위와 결빙에도 노지에서 자란다는 말이 사실인지 알고 싶어 했다. 나는 사실이라고 답했다. 그는 대단히 신기해했다. 오렌지 나무를 열광적으로 좋아하는 형님이 그 광경을 본다면 좋아할 것이라고 말했다. 그리곤 우리에게 나가도 좋다는 손짓을 했다.

다시 뜰로 나오면서 삼촌은 숨을 크게 내쉬었다.

"휴우! 모든 게 잘 되었다. 오를레앙 공은 마음이 아주 좋은 분 같았어. 심지어 내가 보는데서 크림을 바르기도 했잖아. 그런데 넌 도대체 왜 그랬니? 꿈이라도 꾼 거야?"

"공작의 향수에만 온 정신을 쏟고 있었어요. 혹시 그 향수가 무엇으로 만들어졌는지 알아내셨어요? 마음에 걸리는 냄새가 하나 있었거든요."

삼촌 역시 내가 알아낸 향료들을 언급했다. 사향, 패랭이꽃, 투베로즈와 호박이었다. 나는 집요하게 물었다.

"그것 말고 또 무언가가 있는 것 같지 않으세요? 마르시알 씨는 제가 알아내지 못한 어떤 향료를 사용한 게 확실해요."

하지만 삼촌은 나와 생각이 달랐다. 그는 자신이 알아낸 향료가 전부일거라 자신있게 말하곤 일을 하러 가버렸다. 나는 조향실로 가기 위해 정원을 가로질렀다. 더 나은 오렌지 꽃물의 혼합물을 만들기 위해 고민하다 보니 어느새 하루가 훌쩍 지났다.

향수를 만드는 것은 시간이 걸리는 일이다. 하지만 나는 일을 오래 할 수는 없었다. 냄새를 한껏 들이마신 후에는 후각이 금세 둔감해지기 때문이다. 나는 코가 '쉴 수 있도록' 이따금씩 일을 중단해야 했고, 따라서 트리아농에도 오래 머무를 수 없었다. 정원의 꽃 냄새가 너무 강해서 조향실에서처럼 내 코가 한껏 자극을 받았기 때문이다. 코가 쉴 틈을 주기 위해서는 달콤한 향기로 가득 찬 그곳에서 자주 벗어나야 했다.

나는 커다란 나무의 시원한 그늘이 드리워진 오솔길을 발길 닿는 대로 걸었다. 만약 날씨가 너무 덥지만 않았어도, 도랑 쪽으로 다가가 초록빛 물 위로 백조들이 미끄러져 가는 광경을 바라보았을 것이다.

산책길에서 돌아오는 길에 트리아농 전체가 들떠 있는 광경을 보고 나는 깜짝 놀랐다. 왕이 그곳에서 후작 부인과 함께 저녁 연회를 갖겠다고 했기 때문이다. 그 순간 값비싼 향수병을 테이블 위에 그대로 둔 채 열쇠로 잠그지도 않고 조향실을 떠난 일이 기억났다. 나는 덜컥 겁이 났다. 왕이 아니 최악의 경우에는 후작 부인이 만에 하나 그 상황을 보게 된다면, 조향사가 되고 싶은 내 소망은 그날로 끝날 것이다! 나는 조향실까지 정신없이 달려갔다.

천만 다행으로 그곳엔 아무도 없었다. 하지만 향수병들은 내가 두었던 그대로 놓여 있지 않았다. 내가 정리하지 않은 것을 왕에게 들킬까봐 어느 헌신적인 시종이 나 대신 정리해 주었을 리는 없다. 결국 누군가가 손을 댔고, 내가 작업하면서 각 단계마다 적어놓은 노트를 펼쳐본 것 같았다. 나는 스며드는 불편한 느낌을 떨쳐내기 위해 서둘러 정리했다.

이윽고 때가 되었다. 왕과 그의 귀족들이 이곳으로 다가오고 있었다. 그러나 그들이 조향실과는 제법 떨어져 있으므로, 창문 너머로는 그들을 볼 수 없다는 것을 알고 있었다. 그래서 만약의 경우에 몸을 숨길 수 있도록 조향실과 가장 가까운 정원에 가 있기로 했다. 왕의 행렬이 나아가더니, 전방에 있는 타원형 광장에서 멈추었다. 선두에서 걷는 왕과 그의 애첩의 뒤를 따라가며 음악이 연주되었다. 그들은 왕의 별채에 가까워졌다. 장밋빛 드레스를 입은 후작 부인은 우아한 몸짓으로 고개를 옆으로 살짝 기울인 채, 왕에게 뭐라 말을 건네며 웃고 있었다.

"아야!"

나는 소스라치게 놀랐다. 누군가가 내 소맷부리를 잡고 뒤쪽으로 끌어당겼다. 니콜라였다.

"당신 미쳤어요? 왕이 산책할 때는 정원에 아무도 남아서는 안돼요!"

"그만 놔줘요! 아프단 말이에요."

하지만 니콜라는 나의 몸부림에도 아랑곳없이 화단 밑으로 나를 잡아당겼다.

"이 회양목 뒤로 몸을 숨겨요. 우리가 보여서는 안돼요!"

"이제 그만 해요. 우스꽝스러워요! 설마 나더러 풀밭에 주저앉으라는 뜻은 아니겠죠?"

"쉿!"

왕과 후작 부인이 트리아농 뒤편에 꽃이 만발한 정원을 보기 위해 별채를 막 돌아 나가던 참이었다. 나를 붙들고 있는 니콜라의 손을 풀고 나는 눈에 띄지 않도록 슬그머니 조향실로 들어갔다. 그런데, 맙소사! 니콜라가 나를 따라온 것이다.

"당신이 어떻게 이곳에 있을 수 있죠?"

"여기서 일하니까 있을만한 자격도 있는 거겠죠!"

나는 새침하게 대답했다.

"그러니까 데죄이에가 내게 열쇠를 주었겠죠?"

이런 식으로 나는 그의 말문을 막아 버렸다. 그랬더니 니콜라는 아무 말도 못하고 있었다. 나는 창가로 다가가 오솔길을 한가로이 거니는 왕과 그의 애첩을 신기한 눈으로 바라보았다.

왕이 돌연 녹색 양복을 입은 나이 지긋한 남자 쪽을 향하자, 그는 왕에게 인사했다. 그리고 그들은 이야기를 나누기 시작했다. 남자는 이따금 왕에게 나무와 꽃을 가리켰다.

"저 분이 스승님이신 르부퇴 씨에요!"

니콜라가 소리쳤다.

"보세요. 르부퇴 씨가 왕에게 오렌지 나무를 가리키고 있네요!"

"보여요."

니콜라는 르부퇴 씨가 오렌지 나무를 노지 재배하기 위해 기발한 방법을 고안했다고 말했다. 추위로부터 보호하기 위해 오렌지 나무들에 작은 보온재를 각각 씌워 두었다가, 날씨가 따뜻해지면 보온재를 벗겨낸다는 것이다. 니콜라는 스승에 대한 찬사를 멈추지 않았다.

그는 자신이 수목이나 꽃을 마치 사람처럼 대하기 때문에, 건강하지 못한 것들은 새로운 장소로 이식시켜 그 토양에 적응시킬 줄도 안다고 했다. 나는 비록 원예에 대한 관심은 없었지만, 니콜라가 자신의 일에 대해 열정적이고 또한 스승에 대해서도 존경심을 갖는 모습에 감동을 받았다.

나는 마음이 좀 누그러져서 말했다.

"당신은 자신이 하는 일을 진심으로 좋아하는 것 같군요."

"세상에서 가장 아름다운 일이죠. 나무 중에서도 나는 특히 오렌지 나무를 좋아해요. 오렌지 나뭇잎들은 아주 어여쁜 초록색인데다가 무척 반짝거려서 마치 공단으로 만들어진 것으로 착각할 정도죠! 오렌지 나무는 이곳의 기후에서 자라기에는 너무 약한 식물이어서 그것을 별 탈 없이 자라게 하는 일은 말하자면 시험을 치르는 것과 같답니다. 혼자 있을 때면 나는 그들에게 종종 말을 걸기도 하지요."

나는 감동 어린 미소를 지어보였지만, 니콜라는 생각처럼 쉬운 사람이 아니었다. 오히려 그는 마치 굴처럼 마음을 꽉 닫아 버렸다.

"당신에겐 내가 엉뚱한 사람으로 보이겠죠? 당신이 옳을지도 몰라요. 아가씨, 당신을 더는 방해하지 않겠어요. 더구나 난 할 일이 있다고요."

"잠깐만요. 난 절대로 당신을 그렇게 생각하지 않아요."

하지만 니콜라는 이미 가버린 뒤였고, 나는 노란색의 거친 머리를 한 그의 길쭉한 실루엣이 오솔길을 따라 점점 멀어져 가는 것을 물끄러미 바라보았다. 나는 한숨을 내쉬었다. 그는 정말이지 무척 복잡하고 예민한 남자였다!

그날 저녁, 나는 녹초가 되어 르보 씨의 집으로 돌아왔다. 발이 붓고, 뺨은 강한 열기에 그을려 불그스레해졌다. 삼촌은 브랜디를 한잔하면서 나를 기다리고 있었다. 그는 오를레앙 공의 향수를 만들기 위해 조향 작업을 하게 된 것을 몹시 불만스러워하며 내 의견을 물었다. 짐작대로, 삼촌이 작업을 제대로 한 것은 맞지만, 무언가 부족한 것이 있었다.

"받으려무나."

삼촌은 내게 향수병 하나를 내밀면서 말했다.

"너라면 이것을 완벽한 향수로 만들 수 있겠지?"

"한번 해볼게요."

그러나 나는 속으론 아무런 희망도 품고 있지 않았다. 만약 우리가 부족한 그 향료의 정체를 알아내지 못한다면, 완전한 향수를 만들 수 없으리라는 것을 잘 알고 있었기 때문이다. 그러기 위해서는 내가 그 향수의 냄새를 다시 맡아야 할 것이다. 그렇다 해도 내가 오를레앙 공의 처소로 가서 사냥개처럼 냄새를 맡아볼 수는 없는 일이다!

"제가 더 좋은 결과를 얻어 내지 못하더라도 삼촌이 만든 향수를 마르시알에게 건넬 수는 있겠죠. 그런데 오를레앙 공이 차이를 알아차리지 못할 수도 있을까요?"

삼촌은 아무 말 없이 나를 바라보고 있었지만, 나와 똑같은 생각을 하고 있었다. 아무리 오를레앙 공이 후각이 뛰어나지 않더라도 자신이 오래전부터 사용해 온 그 독특한 향수를 다른 향수와 혼동할 리 없기 때문이다!

나는 마르시알을 조금도 돕고 싶지 않았다. 하지만 그 문제가 줄곧 신경이 쓰였고, 삼촌에게 내 진가를 드러내고 싶기도 했다. 그러므로 해결책을 찾아야만 했다.

12

다음날, 조향실 창밖으로 초콜릿 가게의 피에르 롬므가 지나가는 모습이 보였다. 나는 재빨리 밖으로 나가, 잠시 들어와서 이야기를 나누자고 그에게 말했다. 내가 이곳에서 일한다는 사실에 그는 무척 감동을 받은 듯 했다. 에센스가 든 병을 보여주자, 그는 몹시 호기심에 찬 눈으로 그것을 바라보았다. 어쩌면 하는 일의 성격 때문인지는 몰라도, 그는 후각이 예민하고 제법 센스도 있는 것 같았다.

"호박 냄새 좀 맡아볼래요?"

"네, 그러죠!"

나는 어렸을 적에 촛불에 그슬린 바늘로 호박의 낱알을 찔러본 적이 있었는데, 그때 맡았던 향기가 아주 훌륭했다는 얘기를 그에게 들려줬다.

"호박의 품질이 좋지 않다면 그렇게 향기로울 수 없죠. 잔느, 당신의 박식함에 한없이 놀라게 되요."

"궁금한 점이 있어요."

나는 쑥스러움을 감추기 위해 이렇게 말했다.

"당신은 왜 트리아농에 있는 거죠? 나는 당신이 베르사유를 벌써 떠난 줄 알았거든요!"

"내일 떠나요. 정원을 거닐며 꽃향기를 맡아보고 싶었어요. 그럼 당신은요? 언제쯤 당신을 파리에서 다시 만날 수 있을까요?"

"몽테스팡 부인에게 내가 더 이상 필요하지 않을 때가 되겠죠. 오렌지 꽃 향수를 만들어 드리기로 했거든요. 그 일은 머지않아 끝날 거예요. 하지만 마무리해야 할 또 다른 일이 있으니, 상황이 어떻게 될지는 모르죠."

나는 피에르를 진심으로 믿고 있었기에, 마르시알의 비밀을 털어놓았다. 그러면서 그의 아버지가 만든 그 유명한 향수를 똑같이 만들기 위해서는 어떤 조치든 취해야만 한다고 말했다. 피에르는 이 문제에 아주 적극적인 관심을 보였다.

"당신은 그 향수를 만들어내지 못했나요? 일이 그렇게 복잡한가요?"

"딱 한 가지 향료가 빠져 있거든요. 그래서 골치가 아프답니다. 그 향수를 반드시 다시 맡아볼 수 있어야만 하는데…. 그래야 어제보다 훨씬 더 정확하게 맞출 수 있을 텐데…. 그렇다고 정원에서 오를레앙 공과 우연히 마주치기만을 바랄 수도 없는 노릇이죠."

"잔느, 더 좋은 생각이 있어요! 공작의 처소 앞에서 정오 무렵에 다시 만나기로 해요. 빈 향수병도 꼭 가지고 와요!"

"농담이죠? 대체 무슨 일을 꾸미려는 거예요?"

하지만 피에르는 마치 뒤에서 어떤 음모를 꾸미려는 사람처럼 아무것도 말해 주지 않았다. 그는 그 시간에 꼭 만나자고 반복해서 말하고는 가버렸다. 그저 막연한 생각만 내 머릿속에서 맴돌 뿐이었다.

일이 다시 손에 잡히지 않았다. 너무나 많은 생각들이 나를 혼란에 빠뜨렸기 때문이다. 피에르는 내 질문을 교묘하게 피하며 그가 트리아농에 무엇 때문에 왔는지 끝내 말하지 않았다. 이곳은 궁궐로부터 상당히 떨어져 있기 때문에 지나는 길에 우연히 들르기란 쉽지 않은 일이다. 더군다나 피에르가 산책이나 다닐 만큼 한가할 리도 없었다. 내가 이곳에 있는 걸 알고 일부러 왔으리라는 의심도 해 보았지만, 딱히 그럴 것 같지도 않았다. 내 향수병들에 누가 손을 댔을지 몹시 궁금한 마음에 그런 일이 있은 이후로 물건 하나하나를 몇 번씩 살펴보았지만, 전날과 똑

1674년 7월 4일, 베르사유

같은 자리에 있는 것인지는 알 수 없었다. 이런 상태에서는 일을 제대로 할 수 없을 것 같아서 약속 시간보다 조금 더 일찍 조향실을 나섰다. 만약의 경우에 대비해, 내가 무슨 일을 하는 사람인가를 증명할 수 있도록 꽃물 몇 가지와 브로치 그리고 향수를 꼼꼼히 챙겼다.

피에르는 대리석 정원에서 나를 기다리고 있었다. 나는 오를레앙 공의 처소까지 그를 따라갔는데, 몽테스팡 부인의 욕실 반대편이었다. 피에르는 작은 문을 두 번 두들기더니 이렇게 속삭였다.

"마리에트, 나에요!"

앳된 얼굴의 매력적인 여자가 문을 반쯤 열었다.

"들어오세요. 오를레앙 공은 안 계세요!"

그녀는 장난스러운 미소를 지었다.

피에르는 킥킥거리며 웃는 그 아가씨를 따라 미끄러지듯 건물 안으로 들어갔다. 그녀의 멋진 레이스 모자 아래로 둥글게 말린 탄력 있는 머리카락이 흘러내리고 있었다. 얼핏 보면 모양은 예뻤지만 실상 옷감은 그저 그런 옷을 입고 있었으므로, 나는 그녀가 시녀라는 것을 이내 알아챌 수 있었다. 그녀는 화장대가 있는 방으로 우리를 안내했다.

"피에르, 당신이기 때문에 봐주는 거예요. 빨리 하세요, 제발!"

"잔느, 어서 해요."

피에르가 내게 말했다.

나는 재빨리 방 안을 둘러보았다. 테이블 위에는 은도금된 화장도구가 보였고, 그 옆에는 수많은 유리병들과 크림 용기들, 분통, 애교 점이 담긴 통과 연지 통들이 있었다. 나는 일단 아무 향수병이나 집어서 뚜껑을 열고 향기를 맡아보았다. 〈헝가리 왕비의 향수〉였다. 나는 그 옆에 놓인 반쯤 비어있는 향수병을 열었다. 내가 찾는 바로 그 향수였다! 나는 그 사실을 피에르에게 말하고, 가져간 작은 빈병에 주저 없이 향수 몇 방울을 떨어뜨렸다. 마지막으로 무사히 나가는 일만 남았다.

마리에트는 들어왔던 복도로 우리를 다시 안내했고, 우리는 무사히 나가게 되었다고 생각했다. 그런데 갑자기 무슨 소리가 들렸다. 마룻바닥에 신발 뒤축이 부딪치는 소리와 인기척이었다. 오를레앙 공이 돌아온 것이다! 나는 겁에 질린 채, 어린 시녀와 피에르를 번갈아 쳐다보았다. 우리는 왕의 동생과 마주치지 않기를 기도하는 마음으로 가던 길로 계속해서 나갈 수밖에 없었다. 그러나 행운의 여신은 우리를 외면했다. 막 나가려는 순간, 문이 열리면서 오를레앙 공이 바로 우리 앞에 나타난 것이 아닌가!

"마리에트, 이 젊은이들이 여기서 무엇을 하고 있는 거지?"

마리에트가 더듬거리는 동안 오를레앙 공은 내게서 시선을 떼지 않고 있었다.

"그런데 당신은 어디선가 본 적이 있는 것 같군. 말 못하던 그 어린 조향사 아닌가! 당신들이 가져온 크림이 내 마음에 쏙 들었지. 그 덕에 내 피부가 벌써 꽤나 좋아졌다니까!"

오를레앙 공은 자신이 크림을 바르고 만족하는지 알아보기 위해 우리가 들른 것이며, 따라서 내가 그에게 대단히 헌신적이라며 확신에 찬 목소리로 칭찬했다. 나는 얼굴이 빨개졌다.

"그런데 함께 온 이 멋진 청년은 누구요? 견습생인가?"

피에르가 몸을 굽혀 경의를 표했다.

"저는 공작님께 시중을 들기 위해 온 통바렐리 양의 사촌입니다. 샤이유 씨의 초콜릿 가게에서 일하고 있습니다."

오를레앙 공은 탐욕스러운 눈으로 피에르를 바라보았다. 그것은 단지 초콜릿 때문만은 아닌 것 같았다. 그는 이내 온화한 얼굴로 우리에게 몇 마디를 건네더니, 그만 나가도 좋다고 했다.

나는 마치 꼭두각시가 된 것처럼 얼떨떨한 기분으로 걸음을 옮겼다. 그리곤 대리석 정원으로 나와서야 비로소 다리가 풀렸다.

"잔느, 안색이 안 좋군요. 내가 정원까지 안내할게요."

피에르는 내 팔을 잡고 이렇게 말했다.

나는 괜찮다고 사양하면서도 정신을 차리기 위해 그가 이끄는 대로 따라갔다. 그는 그랑 카날 근처의 무성한 나뭇잎으로 그늘진 긴 의자에 앉으라고 내게 권했다.

"정신이 쏙 빠졌군요! 하지만 안심해도 돼요. 다 끝났어요. 게다가 모든 일이 다 잘 되었잖아요."

그는 놀리는 듯 미소를 지으며 말했다. 나는 감정이 폭발해서 이렇게 말했다.

"우리는 끔찍한 일을 당할 뻔했다고요. 그런데도 당신은 그걸 재미있어하다니! 정말, 피에르 당신은… 당신은…."

"내가 뭐요? 말 못하는 귀여운 조향사 아가씨? 그런데 오를레앙 공이 어째서 당신을 그렇게 부른 거죠? 재미있네요!"

나는 그의 질문을 못 들은 척 이렇게 말했다.

"당신, 완전히 정신이 나갔군요! 너무 무모한 시도였다고요! 우리에게 들어가라 하고선 당신과 시선이 마주칠 때마다 실없이 웃던 그 아가씨는 대체 누구죠? 오를레앙 공이 곧 돌아올 거란 사실을 뻔히 알고 있었을 텐데 말이에요!"

"마리에트는 내 친구에요. 나를 도와주려고 큰 위험을 감수한 거라고요. 당신이 그녀에 대해 그런 식으로 말하는 건 배은망덕한 짓이에요."

"그렇다면, 당신이야말로 도대체 무슨 생각으로 오를레앙 공에게 우리가 사촌이라고 말했나요?"

"오를레앙 공이 그런 것까지 시시콜콜히 뒷조사할 것 같아요? 오를레앙 공은 우리가 말한 것을 벌써 다 잊어 버렸을 거예요. 잔느, 정말 실망했어요. 이렇게 모험을 하면 당신이 좋아할 거라 생각했는데….”

내가 좋아한다고? 나는 미덥지 않다는 듯한 눈빛으로 그를 바라봤지만, 그는 정말로 미안해하는 것 같았다. 한순간 눈빛이 살짝 빛난 것만 제외한다면….

"보세요. 당신은 여전히 날 놀리고 있어요."

"솔직히 그런 면도 있긴 해요. 하지만 당신은 무엇이 그리도 불만스러운가요, 귀여운 아가씨? 아무튼 당신은 향수를 손에 넣었잖아요."

아, 난 그 사실을 깜박 잊고 있었다.

"맞아요, 피에르. 내가 고맙게 여긴다고 마리에트에게 전해주세요. 자, 이제 그만 그 향수병을 내게 주세요."

하지만 피에르는 다시 짓궂은 표정을 짓더니, 어렵게 구한 그 향수병을 뒤로 숨겼다.

"그럼, 이걸 잡아 봐요, 잔느!"

"장난치지 말아요!"

"진심이거든요. 이걸 가지려면 나한테 키스해 줘야 해요."

그 순간, 나는 달콤한 말을 속삭일 기분이 영 아니긴 했지만 그렇다고 불쾌하지도 않았다. 나는 재빨리 몸을 기울여 그의 볼에 입을 맞췄다. 그러자 이번에는 그가 나를 품에 안더니, 그의 입술이 내 볼에 그리곤 내 입술에 부드럽게 와 닿았다. 나는 달콤함에 흠뻑 젖어 가슴이 두근거렸다. 그에게서 아주 오묘한…향기가 났다.

"초콜릿이군요!"

"네? 초콜릿이라고요?"

"피에르, 당신한테서 초콜릿 향이 나요! 오, 고마워요! 정말 훌륭한 냄새에요! 내 향수병은 어디에 있죠?"

피에르는 잠깐 놀라는 표정을 지었지만, 이내 향수병을 조용히 내밀었다. 나는 그에게 환하게 웃어 보이며 정말 훌륭한 냄새라고 다시 말하곤 병을 받아들었다.

나는 마음이 바빠졌다. 그에게 모든 것을 설명하고 싶었지만 나는 당장 떠나야 했다. 마르시알의 아버지가 오를레앙 공의 향수를 만들기 위해 사용했던 그 향료를 방금 알아냈기 때문이다. 그래, 초콜릿이었어! 단숨에 조향실로 달려가 내 직감이 맞는지 확인하고 싶었다!

13

나는 즉시 작업에 들어갔다. 먼저 조향실에 밴 오렌지 꽃향기, 사향 냄새를 없애기 위해 환기를 했다. 그런 다음, 피에르가 건네준 향수를 손수건에 몇 방울 떨어뜨리고 내 코에 대고 살며시 흔들어 보았다. 내 짐작대로였다. 역시 초콜릿이었다. 초콜릿은 달콤함과 톡 쏘는 미감이 동시에 느껴지기 때문에 패랭이꽃과 투베로즈의 향기를 부드럽게 만들어 준다. 조향 작업에 초콜릿 향을 사용하다니! 마르시알 씨는 분명 대단히 영민한 사람이었을 것이다. 하지만 어찌보면 그랬을 법도 하다는 생각이 들었다. 그의 상점은 다비드 샤이유 씨의 상점에서 얼마 떨어지지 않은 곳에 있으므로, 그가 달달한 초콜릿 음료 한 잔을 맛보러 이웃집에 간 어느 날, 그런 생각이 문득 떠올랐을 것이다. 나는 '마르시알 씨를 진작 알았더라면 좋았을 텐데….' 라는 생각이 들었다. 그는 과감하고 기술이 뛰어난 사람이었던 것이다. 하지만 막상 그의 아들은 아버지의 대단한 능력을 물려받지 못했다니, 정말 아쉬운 일이었다.

나는 조향실에서 카카오 가루가 든 상자를 발견했다. 카카오에 호기심이 많은 손님들이 직접 그 향기를 맡을 수 있게끔 왕이 일부러 그곳에 놓아 둔 것이리라. 나는 주걱으로 초콜릿 가루를 떠서 약간의 에틸알코올과 섞고는 초콜릿 원액을 얻기 위해 탁한 액체를 걸러 냈다. 이어서 삼촌이 조제해 둔 액체는 작은 유리병에 덜고, 여러 종류의 액체들을 첨가해 보는 것으로 작업을 시작했다. 너무 집중한 나머지 시간이 가는 줄도 몰랐다. 오후가 다 지날 무렵, 오를레앙 공의 처소에서 몇 방울 훔쳐온 것과 똑같은 향수를 드디어 만들어냈다. 내가 해낸 것이다! 나는 삼촌도 맡아보게 하려고 향수병을 챙겼다. 조향실 문을 열쇠로 조심스럽게 잠근 후, 정원을 가로질러 뛰어갔다.

마르시알 씨가 초콜릿을 사용했다는 사실을 알게 된 이후로, 나는 그동안 열병처럼 앓아온 '창조의 고통'에서 마침내 벗어나게 되었다. 그런데 홀가분하면서도 마음이 왠지 텅 빈 것 같았다. 게다가 피에르가 내게 키스한 장면이 불현듯 다시 떠오르면서 머릿속이 온통 부끄러움으로 물들었다. 그의 키스를 받으면서 나는 고작 "초콜릿이에요."라고 말했던 것이다. 더욱이 정말 어이없고 멍청하게도 마치 굉장히 급한 볼 일이 있는 사람처럼 황급히 달아났던 것이다. 피에르가 어떻게 생각했을까? 그 별난 남자가 내 마음을 흔들어 놓았는데도, 나는 어쩌면 그리도 우스꽝스럽게 행동할 수 있었을까? 피에르는 또다시 내게 짓궂게 굴고, 장난을 걸어 올 것이다. 정말로 그리한다면, 이번에는 내가 해줄 차례이다.

혼자만의 생각에 빠져 정신이 없었던 나 자신에게 화가 났다. 그래서 시동들이 길을 막아 설 때까지 그들을 보지 못했다. 나는 막연한 불안감을 느끼며, 그들을 빤히 쳐다보았다. 해는 저물고, 나는 궁궐로부터 아주 멀리 떨어져 있었다.

"나리들, 안녕하세요. 지나가게 해주세요."

"당신을 가게 그냥 두라고요? 안 될 일이죠, 아가씨."

그중 한 명이 내 팔을 잡으면서 말했다.

"오히려 당신을 에스코트해 드려야죠!"

"이 시간에는 정원이 위험할 수 있다는 걸 아셔야죠."

웃고 있던 또 다른 시동이 내 다른 쪽 팔을 잡으면서 말했다.

"날 놔줘요!"

"그러고 보니 아직 제 소개도 안 했네요."

한 시동이 당황한 척하면서 말했다.

"나는 창고를 지키는 이폴리트라고 합니다."

그는 내게 고개를 숙여 인사했다.

"우리는 모두 프티트 제퀴리*의 시동들입니다."

---

* 역주 - 왕의 마구간.

"나는 샤를 르페브르 도르메송 기사입니다."

적갈색 머리의 남자가 덧붙여 말했다.

"당신의 팔을 잡은 이 꼬마 난쟁이는 생트 프리트라고 합니다."

"뭐, 난쟁이라고! 감히 어떻게 그런 말을!"

이렇게 말하며 또 다른 남자가 르페브르에게 달려들었다.

"자, 그만둬. 너희들 때문에 아가씨가 불안해하시잖아."

15살도 채 안 되어 보이는 시동이 응수했다.

"나는 루이 뒤 몽입니다. 미녀 아가씨의 이름은 뭔가요?"

"잔느 통바렐리이고, 조향사에요."

"조향사라고요! 어쩐지 당신한테서 좋은 냄새가 나는 것 같다고 했어요."

뒤 몽은 갑자기 웃음을 터뜨리며 내 허리를 껴안더니, 코를 내 목에 가까이 들이댔다.

"나를 그냥 놔줘요!"

나는 그를 밀쳐내면서 말했다. 그들은 다섯 명인데다가 키 크고 힘이 센 남자들이었다. 만약 그들이 나를 괴롭힐 생각을 조금이라도 품는다면 나는 아무 힘도 쓰지 못할 것이다. 그래서 나는 떨리는 목소리를 애써 감추며 말했다.

"자, 친절을 베푸세요. 난 돌아가야 해요. 날 기다리고 있거든요…."

1674년 7월 4일, 베르사유

"아마도 애인이겠지? 너처럼 예쁜 아가씨는…. 그런데 있잖아, 너 이 지역 출신 아니지? 어째 프로방스 억양이 살짝 들리는 듯 한데…, 남부 여자인가?"

"그 분을 그냥 놔드려요!"
손에 삽을 든 니콜라가 느닷없이 길 한복판에 나타난 것이 아닌가! 그런데 그의 모습을 본 모든 이들이 그만 웃음을 터뜨리고 말았다.
"아, 저기 애인이 오셨네. 정원사로군!"
"애인도 역시 촌스럽군! 이 두 사람 정말로 잘 어울리는데!"
"우리가 이 촌놈을 좀 혼내줄까?"
그들은 니콜라에게 다가갔다. 놀랍게도 그는 꿈적도 하지 않았다. 이폴리트 드 그랑쥬가 그를 툭 밀쳤다.
"어이, 너 귀머거리야?"
니콜라는 그를 근엄하게 쳐다보았다.
"너희들의 감독관인 보뎅 씨가 이런 상황을 본다면 어떻게 생각하실까? 너희들이 아가씨를 괴롭혔다는 걸 알고도 과연 좋아하실까?"
"우우, 무서워라! 보뎅 씨가 우리를 혼내실 거야!"
조금 전까지 히죽거리던 시동들이 니콜라에게서 한 방 제대로 먹은 것이다. 그들은 은근히 신경이 쓰이는 눈치였다. 그들은 나를 붙들고 성가시게 굴던 짓을 멈추고 니콜라에게 물었다.

"네가 보뎅 씨를 안다고? 네가?"

생트 프리트가 놀라서 물었다.

"그래, 보뎅 씨는 이따금 트리아농을 산책하시거든. 그 분은 꽃을 좋아하시지."

그 순간, 어디선가 사람들의 목소리가 들렸다. 귀족들이 무리를 지어 그랑 카날을 따라 궁을 향해 가던 중이었다. 시동들은 시끄럽게 웃어대며 즉시 자리를 떴다.

니콜라와 단둘이 남게 되자, 나는 서둘러서 그에게 감사의 말을 건넸다.

"별거 아니에요. 하지만 이렇게 늦은 시간에는 정원을 지나다니지 마세요. 데려다 드릴게요."

"친절하신 데다가 아주 용감하시던데요. 저들이 당신을 때려눕힐 수도 있었는데 말이죠!"

나는 열을 내며 말했다.

"그럴 수도 있었겠죠! 내가 알기로 저런 시동* 녀석들은 시내의 여인숙이나 노름방 같은 곳에서 싸움질이나 하는 한심한 자들이죠. 그러니 저들의 입장에서는 이만한 일자리도 없을 테니, 공연히 소란을 피워서 좋을 게 없다는 정도는 잘 알고 있을 거예요."

"당신이 보뎅 씨를 알고 있으니 얼마나 다행스러운 일이에요! 그 이름이 저들을 완전히 얼어붙게 했으니…."

니콜라는 개구쟁이마냥 장난스러운 미소를 지었다.

"솔직히 말하면요, 나는 그 분을 몰라요!"

"정말이에요?"

"물론 전혀 모른다고 말할 순 없죠."

그는 단호하게 말했다.

"예전에 트리아농 정원에서 보뎅 씨를 본 적이 있긴 해요. 하지만 그가 내게 말을 건 적은 단 한 번도 없어요. 나도 그에게 말을 걸어 볼 엄두도 내지 못했고요."

나는 그와 팔짱을 낀 채 아무 말 없이 걸었다. 어찌 되었든 가까스로 위기 상황을 모면했다는 안도감이 들었다.

---

* 절대왕정 시기에 프랑스에서 시동들은 대개 몰락한 귀족 집안 출신들이었다.

❄

그날 저녁, 르보 씨 집으로 돌아오면서 나는 모든 감정의 굴곡에서 벗어나 그만 쉬고 싶다는 생각이 들었다. 그러나 그때만 해도 내게 곧 들이닥칠 재앙은 의심조차 못하고 있었다.

저녁 식사 후, 삼촌은 내가 초콜릿을 넣어 조향 작업을 시도했던 얘기를 듣더니, 몹시 놀라워하며 오를레앙 공에게 가져다주어야 할 문제의 향수를 만들어 낸 성과를 크게 칭찬해 주었다. 나는 꼼꼼하게 적어둔 향수 포뮬러와 함께 장 샤를 마르시알에게 전달할 향수병을 삼촌에게 건넸다. 그럼으로써 적어도 한 가지 걱정에서는 벗어날 수 있게 되었다.

그제야 나는 당연히 경쟁자로 여겨야 할 그 멍청이에게 삼촌이 어째서 친절을 베풀었는지를 물어보았다. 그러자 삼촌은 버럭 화를 냈다.

"잔느, 네가 마르시알을 비난하는 소리는 더 이상 듣고 싶지 않구나! 그와 잘 지내는 편이 좋을 거야!"

"저한테 좋을 거라고요?"

나는 어이가 없었다.

"오히려 그가 우리에게 감사해야 할 것 같은데요. 우리가 값진 은혜를 어느 정도는 베풀었잖아요! 아니, 그가 즐겨 쓰는 표현대로라면, 상당히요!"

그런 말장난으로 내가 삼촌의 찌푸린 얼굴을 펼 수 있을 거라 기대했다면 그건 오산이었다. 삼촌의 얼굴이 어두워졌다.

"그런 식으로 빈정대는 것은 아가씨에게 어울리지 않지. 좀 성공했다고 네가 목에 힘을 주게 될까봐 걱정스럽구나. 아무튼 그에 대해서 네가 아무 것도 몰라서 그런 거야. 마르시알은 고귀한 명성을 물려받았고, 부자인데다가 오를레앙 공을 고객으로 모시고 있어."

삼촌의 말에 기분이 상했지만, 나는 떨리는 목소리로 말했다.

"잘된 일이네요! 삼촌은 몽테스팡 부인에게 물건을 대고 계시니 마르시알을 부러워하실 일도 없겠네요! 더구나 그는 향수를 만들 줄도 모르니, 진실은 언젠가 반드시 밝혀질 테고, 그러면 그의 명예는 바로 땅에 떨어질 테니까요! 오를레앙 공이 앞으로도 계속해서 마르시알에게 주문할지는 장담할 수 없는 일이죠. 오를레앙 공은 삼촌이 만드신 크림을 매우 좋아해요. 오를레앙 공이 제게 직접 그렇게 말했다니까요. 아마도 앞으로는 우리에게 주문하실 거예요. 아니, 죄송해요. 삼촌한테요."

"나는 그런 걸 바라는 게 아니야."

삼촌은 눈을 피하면서 말했다.

"왜죠?"

삼촌은 난처한 눈빛으로 나를 계속 바라보았다. 바로 그 순간, 끔찍하고 불길한 예감이 내 머릿속에 스쳤다.

"나는 장 샤를 마르시알과 사이가 틀어지고 싶지 않다. 그는 아내가 없고, 나는 후계자가 없지. 그는 도움이 될 유능한 사람이 필요할 거야. 아, 이제야 이해가 되는 게로구나."

나는 소름이 끼쳤다.

"삼촌, 그런 말씀 마세요."

"우리 두 집안은 오래전부터 알고 지낸 사이다 보니 아주 잘 통하지!"

"삼촌, 그런 건 상상도 하시면 안돼요. 어떻게 그런…."

"우리 두 집안이 결합하면 사업에 정말 많은 득이 될 거야. 게다가 두 상점은 거의 이웃해 있고."

"그런 건 생각도 할 수 없어요. 있을 수도 없는 일이라고요!"

"아니, 대체 왜 안 된다는 거냐?"

삼촌은 나를 나무랐다.

"마르시알은 네가 마음에 든다더라. 내게 그렇게 말했다니까!"

"듣기에 좋은 말일지는 모르지만, 저는 그가 조금도 마음에 들지 않아요!"

삼촌은 주먹으로 탁자를 쳤다.

"그가 네 마음에 들 필요는 없다. 남편은 애인이 아니란 말이다! 냉큼 꿈에서 깨어나 네가 장차 누리게 될 보장된 삶에 대해 생각해 보려무나!

너는 마르시알의 아버지가 모아놓은 재산에 대해서는 아무 생각이 없는 게야. 그의 아들은 엄청나게 사치스런 생활을 한다고! 춤, 화술, 펜싱 교습까지 받는데다, 돈에 인색하지 않아. 만약 그와 결혼한다면 너는 파리에서 가장 부유한 부르주아 마님이 되는 거야."

나는 충격을 받았다. 이제 모든 것이 이해되었다. 그러니까 삼촌은 처음부터 나를 마르시알과 결혼시키고 싶었던 것이다. 이제야 앞뒤가 맞아 떨어졌다. 마치 우연처럼 보였지만, 미리 계획되었던 그날의 식사, 숙모가 드레스를 사주며 내가 예쁘게 보이도록 친절하게 도와준 일, 그 멍청이 같은 마르시알이 트리아농까지 나를 찾아와서 무척이나 다정하게 굴었던 일…, 실은 나의 환심을 사려고 애쓴 것이다! 기가 막혔다.

삼촌은 몹시 흥분한 탓에 내 침묵을 오해하고는 마르시알이 타고난 행운아라면서, 그의 재산을 비롯하여 집과 가구들, 그를 찾아오는 귀족들에 대해 낱낱이 설명했다. 그러는 사이, 나는 목이 메어와 더는 반박조차 못하고 그저 흐느꼈다. 가슴이 아팠다. 나더러 마르시알과 결혼하라고! 나는 삼촌과 숙모가 은밀히 공모했다는 사실은 상상조차 할 수 없었다.

"아버지는요? 알고 계시나요?"

"물론이지! 뭐 하러 네 아버지에게 너를 이렇게 먼 파리까지 데려오게 했다고 생각하니? 네 아버지는 두말 할 것 없이 이 결혼에 대해 매우 긍

정적이다!"

더는 참을 수 없었다. 나는 오열을 하며 문을 박차고 뛰쳐 나갔다.

14

삼촌이 자신의 계획을 폭로한 이후로 나는 악몽 비슷한 것에 시달리기 시작했다. 불과 몇 분 만에 딴 세상이 되어 버린 것이다. 지금껏 의심할 바 없이 마냥 너그러웠던 삼촌과 아버지가 금전적 이익만을 위해 마치 폭군처럼 나를 멋대로 하려는 사람들이라는 사실이 드러난 것이다. 아버지는 몇 주 전부터 계획된 그런 음모를 어떻게 내게 감쪽같이 숨길 수가 있었던 걸까? 이런 생각들이 나를 몹시 슬프게 했다.

나는 사람들이 귀에 못이 박히도록 말하는 그 '재능'에 자부심을 가져 온 귀염둥이였다. 그라스에서 가족과 함께 지낼 때나 파리에서 삼촌네서 지낼 때에도, 내가 정말 잘 지내고 있다고 여겨왔다. 그런데 내가 사랑하는 사람들이 가장 그럴듯한 명분을 내세우며 나에게 끔찍한 고통을 가할 수 있다는 것을 하루아침에 알게 된 것이다. 뒤통수를 얻어맞은 기분이었다.

 삼촌은 그 일이 있은 바로 다음날, 파리로 돌아갔다. 나는 르보 씨 부부의 집에 머물게 되었다. 밤에는 그 집에서 잠을 자고, 낮 동안에는 트리아농에서 계속 일했다. 하지만 더 이상은 그곳에서도 편안한 마음으로 지낼 수 없었다. 세상은 더 이상 장밋빛이 아니었다. 모든 것이 달라 보였다. 완벽해 보였던 조향실은 과하게 꾸며진 오두막처럼 보였고, 정원사들이 매일같이 가꾸는 정원은 가장 아름다운 꽃들이 만발하지만, 예술 감각도 절제미도 없이 마구 뒤섞어 놓아 역겨운 향기들로 짓눌리고 생기를 잃은 곳으로 보였다. 더욱이 어느 날에는 왕 스스로도 너무 강렬한 냄새가 나는 투베로즈를 피해 그곳을 빠져나갈 정도였다고 한다. 나는 그라스에서 동생들과 함께 하던 소박한 생활과 순수했던 어린 시절이 그리워지기 시작했다.

 "통바렐리 아가씨!"
 나는 깜짝 놀랐다. 누군가 조향실의 문을 두드렸다. 문을 열어 보니 몽테스팡 부인의 시종이었다.

"몽테스팡 마님께서 아가씨를 찾으십니다. 향수함을 가지고 오시랍니다."

나는 호기심이 발동하면서 다시 힘이 솟는 것 같았다. 바구니를 급히 챙겨 따라나섰다. 몽테스팡 부인은 특별히 가마도 내주었다. 난생처음으로 가마를 타게 되자 기분은 정말 좋았다. '니콜라와 피에르가 이런 내 모습을 본다면 깜짝 놀랄 텐데….' 하는 아쉬운 생각마저 들었다.

궁궐에 출입하지 않은 지 이틀이나 되어서인지, 계단에서 진동하는 냄새가 역겨워서 정신이 다 아찔해질 지경이었다. 오줌 냄새와 땀내, 귀족들이 뿌리는 재스민과 투베로즈의 강렬한 향수가 뒤섞여 고약한 냄새가 진동한 것이다.

몽테스팡 부인의 처소 역시 실내 공기에 그와 같은 냄새가 가득했다. 대기실에는 열두 명의 사람들이 작은 의자에 앉아서 기다리고 있었다. 나이든 귀족 신사는 밀폐된 공간에서 사향 냄새를 풍기고 있었는데, 실내의 열기로 견디기 힘들 지경이었다. 얼굴에 애교 점을 붙인 귀족 부인은 마치 그녀만의 향수 진열대를 차린 양 그 곁에 앉아 있었다. 그녀는 황수선화 향이 나는 가발을 쓰고, 패랭이꽃과 사향고양이의 향을 풍기는 장갑을 끼고 있었다. 그녀가 드레스를 매만질 때마다 말린 장미꽃과 라벤더의 향기가 풍겼다. 노신사는 입을 다물지 못한 채, 향기를 내뿜는 그녀의 환심을 사려는 듯 뭐라고 지껄이고 있었다. 나는 그의 썩은 이에서 나는 악취와 고약한 입 냄새를 정면에서 맡게 되었다. 정말 지독했다. 숨이 막히면서 진땀이 흐르고 불쾌해졌다. 열기를 시키기 위해 목에 걸쳤던 스카프를 살며시 풀었다.

다행히 데죄이에가 나를 부르러 와서 몽테스팡 부인이 아프다는 소식을 전했다. 그러면서 조심스럽게 덧붙이길, 부인의 상태가 상당히 나쁘다고 했다. 그럼에도 그녀가 내 도움을 필요로 하는 이유를 알 수 없었다.

"제가 후작 부인 마님을 어떻게 도울 수 있을까요?"

"마님이 바로 그걸 말씀해 주시려는 거야. 향수병과 향수는 가져왔니?"

가져온 바구니를 내밀자, 그녀는 고개를 끄덕이며 방으로 들어가라고 했다. 몽테스팡 부인은 소파에 누워 있었다. 향로에 피워 둔 향의 냄새로도 감춰지지 않은 토사물과 설사의 흔적을 느낄 수 있었다. 더욱 놀라웠던 것은 피 냄새도 약간 났다. 나는 절을 했다.

"가까이 오거라."

후작 부인의 얼굴빛이 창백했고, 검푸르게 그늘진 눈은 초췌해 보였다.

"내가 아프다는 얘길 들었겠지. 의사는 피를 뽑고 하제를 먹게 했단다. 이제 기력을 되찾을 거야. 〈헝가리 왕비의 향수〉로 마사지를 받고 싶구나. 약사가 주고 간 향수는 냄새가 좋지 않거든. 그걸 맡으면 구역질이 나서 말이야. 〈헝가리 왕비의 향수〉를 가져 왔느냐?"

"네, 마님."

향수병을 꺼내는 내 손이 조금 떨렸다. 향수병을 몽테스팡에게 건네자 그녀는 냄새를 맡고는 흡족한 표정을 지었다. 나는 안심했다. 〈헝가리 왕비의 향수〉를 그녀가 거부할까봐 몹시 염려했기 때문이다.

왕의 애첩은 시녀 한 명에게 자신의 팔과 어깨를 마사지하도록 명하고 나서, 얼굴에 분을 바르고 머리를 다시 손질하게 했다. 나는 어찌할 바를 몰라 그저 우두커니 서 있었다. 비로소 내 상태를 알아본 몽테스팡은 말했다.

"내가 말한 오렌지 꽃 향수를 완성했느냐?"

"거의 끝냈습니다, 마님."

"꾸물거리지 마라. 내일 받고 싶으니. 실수 없도록 해! 향수가 기대처럼 훌륭하기를 바란다."

나는 몽테스팡 부인의 처소를 떠나, 바구니를 팔에 낀 채 트리아농 쪽으로 향했다. 도중에 내 마음에 정말 쏙 드는 장소를 발견했다. '프티트 베니스(작은 베니스)'라 불리는 곳으로, 그랑 카날을 항해하는 함선이 오가고 항해사들이 머무는 곳이었다. 모든 것이 기상천외한 베르사유이지만, 그랑 카날은 재미있게 생긴 올망졸망한 배들뿐만 아니라, 귀족들과 그곳을 찾는 이들의 감탄을 자아내는 아름다운 장난감 배들도 볼 수 있어서 좋았다. 그곳에서는 금빛으로 찬란한 조각들로 장식된 보트, 갤리선, 펠러카선, 귀족 부인들의 전용 유람선과 카누들이 물 위로 미끄러져 가는 모습도 보였다. 나는 모형 전함이 지나가는 광경을 보고는 탄성을 질렀다. 그리고는 베니스 공화국으로부터 선물로 받았다는 두 척의 멋진 곤돌라를 감상하면서 발걸음을 천천히 옮기고 있었다. 그때 나를 부르는 소리가 들렸다.

"잔느!"

피에르였다. 나는 넋이 나간 채 서 있었다. 그는 평소처럼 미소를 지으며 내 곁으로 다가왔다.

"너를 찾고 있던 중이었어. 작별 인사를 하고 싶었거든. 난 파리로 돌아가!"

"파리로?"

"응, 아마도 이곳에서 금세 다시 만나게 될 거야. 무슨 일 있었어? 창백해 보이네."

그가 내 손을 잡자, 난 무슨 말을 해야 할지 몰랐다. 그가 말을 놓은 것, 너무도 자연스러운 그의 태도, 자신이 떠난다는 소식을 내게 알리러 온 것, 그에게서 나는 향기에 마음이 설레었다. 그에게서 풍기는 초콜릿 향기가 어찌나 매혹적이던지, 그의 팔에 안기고 그의 품에 내 머리를 파묻고 싶었다. 나는 이내 정신을 가다듬고 그날 내가 그렇게 서둘러 가버린 이유를 설명했다. 초콜릿을 첨가하여 오를레앙 공의 향수를 만드는 데 성공했다고 그에게 말했다.

"그러니까, 그것 때문에 그렇게 빨리 달아난 게로군! 잔느, 너는 평범한 여자가 아냐. 너에겐 소질이 있어. 네가 그걸 알았으면 좋겠어. 마르시알은 분명히 네게 큰 은혜를 입은 거라고!"

나는 그에게 끔찍한 결혼 계획에 대한 말을 꺼낼까 말까 망설였다. 하지만 이런 순간을 망치고 싶지 않았다. 피에르는 내 볼을 부드럽게 어루만지며 속삭였다.

"귀여운 조향사 아가씨, 일 잘하고 있어. 난 너를 믿어. 그러니 빨리 내게로 돌아와 줘!"

나는 그에게 작은 소리로 말했다.

"다시 돌아갈게. 잘 가, 피에르…."

그는 성큼성큼 멀어져 가다가 잠시 뒤돌아서서 내게 웃어 보이며 손짓을 했다. 그리곤 마침내 군중 속으로 사라졌다.

내게 남은 일은 트리아농으로 돌아가 조향 작업을 계속하는 것이었다. 나는 후작 부인의 향수를 신속히 완성하기로 마음먹었다. 게다가 나는 하루빨리 파리로 되돌아가고 싶었고, 아버지를 다시 만나서 그 터무니없는 결혼 계획을 포기해 달라고 부탁하고 싶었다. 다른 한편으로는 피에르 곁에 가까이 있고 싶은 마음도 없지 않았다.

그래서 나는 일에 더욱 몰두했다. 조제물의 농도를 약간 높이기 위해 전날 레몬 껍질을 조제물에 담가 놓았었다. 몇 번의 시도 끝에 늦은 오후 무렵, 드디어 결과를 얻어냈다. 꽃향기가 그윽하고 신선하면서도 결코 단순하지 않은 향수가 만들어졌다.

처음에는 오렌지 꽃향기만 나는 것 같지만, 이어서 자두의 향도 느껴지면서, 오렌지 꽃향기와 설탕에 절인 레몬의 향, 유자와 오렌지 잼의 향기마저 어렴풋이 느낄 수 있었다. 마치 태양빛과 열기를 머금은 금빛 찬란한 과일 바구니와도 같았다. 그리곤 달콤하면서도 캐러멜 향에 가까워서 식욕을 돋우는 잔향에 사향과 사향고양이의 향이 더해지면서 좀 더 강렬한 향이 느껴졌다. 이런 향수는 너무 강하고 독해서 뿌리고 나서 처음에는 불쾌감을 주기 때문에 보다 일반적인 다른 향수들과는 전혀 다르다. 그러므로 향수의 그윽하면서도 풍부한 향을 느끼고 싶다면, 자신을 그 향기에 길들이기 위한 시간이 필요할 것이다.

나는 행복했다. 화려하고 섬세한 향을 지닌 향수를 만들었다는 생각에 가슴이 뿌듯했다. 곧이어 향수와 어울리게 멋지게 포장할 필요가 있어 보였다. 그래서 나는 벽장에서 가장 예쁜 향수병을 고른 후, 서둘러 예쁜 라벨도 준비했다. 그제야 내가 향수에 이름을 붙이지 않았다는 사실을 깨달았다. 〈오 도랑주(오렌지 향수)〉는 어떨까? 〈오 드 베르사유(베르사유의 향수)〉는? 아니면 〈오 드 로랑주리(오렌지 정원의 향수)〉는? 어느 것도 마음에 들지 않았다. 향수를 완성해 놓고서 그것에 어울릴 만한 이름을 붙이는 건 꽤 난감한 일이었다. 큰 산을 무사히 넘고 나서, 정작 작은 돌부리에 걸려 넘어지는 것과 다를 바 없었다. 골똘히 생각해 보았지만 역시 헛수고였다.

아주 더운 날씨였다. 더위에 지친 나는 작은 안락의자에 앉아 눈을 감고 있었다. 잠결에 실크 드레스를 입은 몽테스팡 후작 부인이 미소를 지으며 왕에게 내 향수를 건네는 모습이 보였다. 왕이 손등에 향수를 떨어뜨리고는 향기를 맡는 모습이 생생하게 보였다. 바로 내 미래가 달라지려는 순간이었다. 향기가 처음에는 너무 단순하게 느껴져서 왕이 잠시 실망할 수 있지만, 그는 후각이 예민해서 향수가 품고 있는 무언가가 그의 호기심을 자극할 것이다. 그는 다시 얼굴 가까이로 손을 가져가서 다름 아닌 잔느 통바렐리가 왕을 위해 만든 특별한 향기를 느낄 것이다. 그리고 경탄할 것이다. 그렇다. 내가 원하는 건 바로 그런 것이다. 왕을 놀라게 하고, 그의 마음을 사로잡고, 그를 매료시키는 향수 말이다. 결국 내 향수에 가장 어울릴 만한 이름은 오직 〈왕의 향수〉뿐이었다.

15

다음날, 나는 〈왕의 향수〉를 후작 부인에게 가지고 가면서, 그녀를 만나는 일은 이것으로 마지막이 될 것이라 다짐했다. 그러나 원래 세상은 생각대로 흘러가 주지 않는 법이다. 나는 다시 한 번 그것을 실감했다. 병세를 극복한 몽테스팡은 다시 생기 있고 활기차며 눈부실 정도로 아름다웠다. 내가 만든 향수를 손목에 몇 방울 떨어뜨리고 한참동안 향기를 음미했다.

"향수가 우아하구나. 하지만 약간 가벼운 듯한데…."

"마님, 괜찮으시다면 다시 한 번만 맡아주시기를 간청 드립니다."

"정말 무례하구나, 얘야."

클로드 데죄이에는 상황을 지켜보고 있다가 낮은 소리로 쌩하니 말했다. 하지만 영리한 몽테스팡은 내가 말한 대로 했다. 갑자기 그녀가 눈에서 빛을 발하며 놀란 기색으로 소리쳤다.

"최고의 향기로구나! 당신도 한번 맡아보면 공감할 것이오."

몽테스팡은 그 자리에 있었던 귀족 부인에게 향수병을 내밀면서 말했다.

"지금 이 향수에서 오렌지 잼의 향기가 나는 걸. 정말 탁월하고 매우 독특한 향수로구나. 네 향수를 칭찬하노라."

"마님께서 마음에 드신다니 저도 정말 기쁩니다."

나는 이렇게 말하며 공손하게 허리를 굽혔다.

"최대한 빨리 이 향수를 몇 병 더 만들어 오도록 해라. 나는 이 향수를 전하께 드리기 위해 잘 간직하고 있을 테니까."

왕의 애첩은 고개를 돌리며 말했다.

"간혹 전하의 취향을 잘 알 수가 없단다. 아주 힘든 일이야. 전하는 최근 들어 내가 사용하는 향수가 너무 독하다며 그 향기를 못 견디시는 것 같거든. 너와 네 삼촌이 만들어 왔던 장미꽃 향수는 너무 단순하다며 전하께서 어제 불평하셨다. 도무지 어찌해야 할 바를 모르겠더구나."

몽테스팡은 감정이 격해진 채 나를 응시했다.

"네 의견을 듣고 싶구나. 내가 향수를 너무 뿌리는 걸까?"

나는 왕의 애첩을 화나게 할까봐 두려운 마음에 머뭇거렸다. 하지만 향수에만 열중한 나머지 나는 이렇게 말했다.

"마님께서 너무 여러 종류의 향수를 뿌리시게 되면 그것들끼리 서로 조화를 이루지 못할 수도 있습니다. 제가 마님 가까이 다가가도 될까요?"

나는 그녀에게로 발걸음을 옮겨 향수 냄새를 맡아보았다.

"마님의 머리에서 풍기는 황수선화 향이 나는 가루분은 마님의 향수와 조화를 이루지 못하고 있습니다. 마님은 〈헝가리 왕비의 향수〉로 마사지를 받으셨네요. 그렇지요? 또한 아몬드 향과 정향도 느껴지는데요, 그건 아마도 크림에서 나는 향이겠죠. 그리고 마님의 드레스에서는 라벤더 향이 나는군요. 혹시 마님의 시녀들은 치마 속에 향주머니를 지니고 있나요?"

왕의 애첩은 대단히 놀라워하면서 내 말을 흔쾌히 인정했다.

"정말 대단한 아이로구나. 스패니얼 개처럼 굉장한 코를 가졌어! 그렇다면 내게 어떤 조언을 해주고 싶은 것이냐?"

나는 그녀의 머리에는 향기가 없는 가루분이 좋을 것이며, 향기들끼리 서로 조화를 이루는 몇 가지 예를 알려 주었다. 그러자, 몽테스팡은 이렇게 말했다.

"잔느, 너를 내 곁에 두어야겠구나! 수요일에 연회가 열릴 때까지 나와 함께 있도록 하거라. 그날 내가 바를 가루분과 향유 크림, 향수는 반드시 네가 골라주어야겠다. 전하께 좋은 인상을 드려야 한다. 또한 수요일에는 륄리의 음악회도 열릴 예정인데, 음악회가 끝나고 나면 전하는 손님들과 함께 트리아농의 향기로운 정원을 산책하실 거야. 전하께서는 연회를 매우 좋아하시지만 최근 들어서는 투베로즈의 향기는 거북해하신단다."

몽테스팡 부인은 우리의 대화를 냉담하게 듣고 있던 데죄이에를 향해 말했다.

"이 아이가 화단에 심으면 좋을 꽃들에 관해 르부퇴 씨와 의논할 수 있게 해라."

나는 기겁했다.

"후작 부인 마님, 칭찬을 해주시니 몸 둘 바를 모르겠습니다만, 그럴 능력이 저에게 있는 것 같지 않습니다."

후작 부인은 내 말을 못 들은 척하며. 시녀들에게 자신의 화장을 고치게 하더니 얼굴에 붙일 애교 점도 골랐다. 나는 눈살을 찌푸리며 다소 냉소적인 미소로 입을 오므리고 있는 클로드 데죄이에를 보자 마음이 불안해졌다.

1674년 7월 4일, 베르사유

"잘 알겠습니다, 마님."

나는 르부퇴 씨를 만나러 가기 위해 데죄이에를 따라 트리아농까지 갔다. 그녀는 모든 것이 몽테스팡 부인의 말대로 진행되어야 함을 강조했다.

"전하께서 베푸시는 이 연회가 프랑슈콩테에서의 승전을 축하하기 위한 것이기도 하지만, 또한 마님을 영예롭게 하려는 것도 있다는 사실을 알아야 한다. 후작 부인 마님께서 왕비가 되실 거란다! 지난 주 수요일에 마님은 굉장히 멋지셨지. 그러니 다음 주에는 더욱 눈부신 여자가 되고 싶으신 거야. 그래서 매우 아름다운 드레스와 어마어마한 보석을 주문하셨단다. 그리고 이미 눈치 챘겠지만, 마님은 자신의 향수 때문에 전하의 애정이 식을까봐 염려하고 계신단다. 그러니 마님을 실망시켜서는 안된다!"

데죄이에게 내가 몽테스팡을 위해 해야 할 일이 정확히 무엇인지를 물어보았다. 몽테스팡이 하루에 네 번 화장을 고칠 때마다 내가 그녀의 곁에 있어야 한다고 했다. 그렇게 자주 매무새를 고칠 수도 있다는 사실이 너무 놀라웠다. 그래서 연회가 열릴 때까지 남은 이틀 동안 내가 어떻게 지내게 될지 짐작해 보았다. 그러는 동안 우리는 트리아농에 다다랐다.

르부퇴 씨는 집에 없었다. 우리는 정원에서 젊은 일꾼들 무리 속에 있는 그를 발견했다. 니콜라도 다시 만나게 되어 기뻤다. 염려했던 대로 르부퇴 씨와의 대화는 원활하지 못했다. 수석 정원사인 르부퇴 씨는 처음 보는 앳된 아가씨의 조언을 받아들이고 싶지 않았지만, 몽테스팡 마님의 명령이라니 더 이상 뭐라 할 수는 없었던 모양이다. 그래서 비록 열렬하게는 아니지만 정중한 대우를 받으며, 그들과 함께 화단을 둘러보고 내 생각을 말해 달라는 부탁을 받았다.

다행히 데쾨이가 잠시 자리를 비운 틈을 타, 니콜라가 말을 걸어왔다. 그는 스승에게 나와 아는 사이이며, 내가 얼마만큼 특별한 코를 가지고 있는지도 잘 알고 있다고 말했다. 그러자 르부퇴 씨는 갑자기 조금 더 친절해졌다.

"자, 조향사 아가씨가 어떤 생각을 하는지 한번 들어봅시다. 당신은 이 화단에 대해 어떻게 생각하시오?"

나는 화단을 바라봤지만, 이름을 제대로 아는 꽃은 없었다. 꽃향기를 맡기 위해 쭈그리고 앉아서 말했다.

"냄새에 관해서만 말한다면, 이 화단은 잘 꾸며진 것 같아요. 그 나머지에 관해서는 할 말이 없네요. 이 식물들은 향기가 없군요. 그런데도 향기로운 스페인산 재스민과 나란히 있네요. 향기 나는 꽃들을 이곳에 심은 것은 유감스러운 일이에요."

1674년 7월 4일, 베르사유

나는 르부퇴 씨를 물끄러미 바라보았다. 그는 내 답변에 만족스러워하며 고개를 끄덕였다. 나는 니콜라와 공모의 눈빛을 주고받았고, 그러고 나니 마음이 놓였다.

우리는 계속 거닐었다. 내가 그들에게 해 준 조언이라곤 단지 화단을 너무 향기롭게 꾸밀 필요가 없다는 말뿐이었다. 반면에 데이지 꽃이라든가 앵초를 닮은 신기하게 생긴 꽃 그리고 꽃무우 등에 관해서는 많은 것을 배웠다. 투베로즈 앞에 이르렀을 때는 왕이 투베로즈의 향기를 맡고 힘들어했다는 것을 잘 알고 있었으므로 나도 몇 마디쯤 보탤 수 있었다. 실제로 그곳에는 너무 많은 투베로즈가 매우 촘촘히 심어진 탓에 숨 쉬기가 어려웠다. 그래서 르부퇴 씨는 향기가 덜 나게 하기 위해, 투베로즈 일부를 다른 곳으로 옮기고 싶어 했다.

꽃들은 다른 곳에서는 보지 못한 아주 특이한 방식으로 땅 속에 묻힌 사암 단지에 꽂혀 있었다. 르부퇴 씨는 신기하게 생긴 그 물건 덕분에 매일 다른 종류의 화단을 장식할 때에도 꽃들을 쉽게 빼내고 교체할 수 있다고 했다. 하루에도 수차례나 교체하는 경우도 종종 있다고 했다! 수석 정원사는 내가 감탄하는 것을 보고 무척 좋아하는 것 같았다.

한 시간쯤 둘러보고 난 후, 나는 까다로운 임무에서 비로소 벗어날 수 있었다. 르부퇴 씨를 비롯한 그의 일꾼들과도 헤어지고 궁으로 돌아갈 채비를 했다. 후작 부인이 화장을 고칠 시간이 다가왔기 때문이다. 니콜라는 나와 함께 가겠다고 했다. 그는 몽테스팡의 처소를 장식하는데 쓰일 꽃을 전달해야 했다. 나는 니콜라와 함께 꽃꽂이용 꽃을 재배하는 곳까지 가서, 향기가 너무 진하지 않은 꽃들로 꽃다발을 만드는 것을 도왔다. 그러면서 그에게 내가 새로 맡게 된 일에 대해 말할 기회를 가졌다.

"몽테스팡 마님은 틀림없이 당신을 높이 평가하고 있어요. 연회가 끝나고 나면 무엇을 할 생각이죠? 베르사유에 남을 건가요, 파리에 남을 건가요? 아니면 당신의 가족들이 있는 프로방스로 돌아가나요?"

나는 이마를 찌푸렸다.

"모르겠어요. 현재로서는 내 미래에 대해 생각할 겨를이 없거든요."

이 모든 엄청난 일이 끝나자마자 내가 맞닥뜨리게 될 결혼 문제 앞에서 나는 어떤 바람도 없었다. 니콜라는 머리를 긁적거렸다.

"그렇군요."

우리는 묵묵히 계속 걸었다. 그는 진지하게 생각하는가 싶더니, 결국은 이렇게 말했다.

"잔느, 나는 주제 넘는 참견이나 하는 사람으로 보이고 싶진 않아요. 하지만…."

"네에?"

"난…며칠 전 당신을 보았어요. 당신은 파리에서 초콜릿을 파는 그 남자와 대화를 나누고 있더군요."

니콜라는 얼굴이 진홍빛이 되어 시선을 자신의 발등 위로 떨구고 있었다. 나는 조심스럽게 대답했다.

"그래요, 그 사람은 피에르 롬므 씨에요. 파리에서 그를 알게 됐죠. 피에르는 다비드 샤이유 초콜릿 상점에서 일해요. 라르브르섹 거리에 있는 상점인데, 삼촌의 향수 가게에서 얼마 안 되는 거리에 있어요."

"아!"

긴장을 풀면서 니콜라는 말했다.

"나는…생각했어요. 결국은…."

"결국은…이라뇨, 뭐가요?"

"아무것도 아니에요. 중요한 건 아니죠. 만약 그가 단지 이웃이라면…."

"당신의 생각을 솔직히 말해줘요, 니콜라!"

우리는 궁궐 앞에 도착했다. 니콜라는 나를 바라보면서 말문을 열었다.

"그는 당신에게 적합한 사람이 아니에요. 자, 이게 바로 내가 말하고 싶었던 거랍니다! 그는 좋은 사람이 아니에요."

나는 화가 났다.

"당신이 어째서 남의 일에 상관하는 거죠? 당신이 정말로 하고 싶은 말이 뭔가요? 당신은 그의 어떤 면을 비난하는 거죠?"

그는 침울한 얼굴로 머뭇거렸다.

"아무 것도 아니에요."

"아무 것도 아니라고요? 그것 참 쉽군요! 그런 식으로 말하면서 나를 설득하려는 거예요?"

"당신 마음대로 하세요."

니콜라는 고집을 부렸다.

"나는 당신에게 경고했어요. 그게 다에요!"

"그럼 난 당신이 질투하는 거라고 생각할게요!"

그는 마치 뺨이라도 때릴 기세로 날 바라보더니 도망치듯 점차 멀어져갔다.

나는 후작 부인 곁에서 어떤 식으로 시중을 들어야 하는지를 알게 되었다. 대단한 건 아니었다. 그녀가 가지고 있는 향수와 크림들 중에서 서로 어울릴 만한 것들을 고르기만 하면 되었다. 강한 향기가 발산할 때 올라오는 역겨움을 참아가며 천천히 모든 냄새를 맡아보았다. 산패한 크림˚ 두 통과 시큼해진 장미꽃 향수 한 병은 버려야 했다. 가장 힘든 일은 향기가 과하지 않은 제품을 찾아내는 것이었다. 모든 것에서 향기가 났기 때문이다. 가루분이나 향유 크림, 연지뿐만 아니라, 옷과 얼굴에 붙이는 애교 점까지 향기가 났다. 나는 몽테스팡에게 파리로 돌아가면 오이로 만든 무향의 크림을 보내겠다고 약속하면서, 부디 그럴 수 있기를 마음 속으로 기대했다. 나는 머리에 바르는 가루분 가운데에서 매우 옅은 향이 나는 것을 발견했다. 할 일을 모두 마친 후에는 몽테스팡이 치장하는 모습도 구경할 수 있었다.

우선 그녀의 통통한 배를 가리는 코르셋이 입혀졌다. 이어서 실크 혹은 타프타로 만든 두 벌의 페티코트를 입었는데, '라스크레트(비밀 속옷)'와 '라프리폰(눈속임 속옷)'이라 불리는 것들이었다. 그리고 나서 그 위에는 '라모데스트(정숙한 여자의 옷)'라 불리는 치마를 입었다. 옆 라인을 살짝 들어 올려서 노출시키는 '라모데스트'는 '라스크레트'와 '라프리폰' 보다도 실루엣이 한층 더 매력적인 치마였다. 보는 사람들로부터 감탄과 부러움의 시선을 받기 위한 것이 아니라면, 속치마를 굳이 세 벌씩이나

˚ 크림은 대개 열에 기름을 녹여서 만들기 때문에 신경을 쓰지 않으면 금세 변질되고 만다.

껴입을 이유가 있었을까? 드디어 후작 부인이 입을 드레스가 나왔다. 올여름 동안 임신 초기인 몽테스팡의 상태를 감출 수 있는 허리 부분이 넉넉한 드레스였다. 사흘 간 그녀의 처소에서 보내면서 나는 새틴과 자수를 놓은 벨벳과 연한 가죽으로 뒤축을 댄 슬리퍼, 여러 가지 색의 스타킹, 숄과 부채 등에 어울릴 만한 실크와 새틴 그리고 온갖 종류와 색상의 화려한 실크로 지은 드레스를 셀 수 없이 많이 보았다! 그야말로 장관이었다. 그리고 이런 치장이 하루에 네 번이나 반복되었다!

이어서 몽테스팡은 굵고 풍성한 컬이 얼굴을 감싸면서 목선을 드러내어 돋보이게 하는 '위를뤼베를뤼' 스타일*로 머리를 손질하게 했다. 그녀의 화장은 간단했다. 피부가 아주 좋았기 때문이다. 그럼에도 그녀의 아름다움을 돋보이게 하는 애교 점은 잊지 않고 붙이게 했다.

그리고는 끝으로 보석을 골랐다. 그녀는 어마어마하게 많은 보석을 갖고 있었다. 보석 상자에는 목걸이, 버클, 다이아몬드 귀걸이, 사파이어, 루비와 진주들이 넘쳐났다.

나를 가장 힘들게 한 것은 기다리는 일이었다. 옷장에서, 시녀들 한가운데에서, 몽테스팡이 준비가 되어 나를 부르는 순간을 기다려야 했다.

* 역주 - 1670년경 유럽의 귀족 여성들 사이에서 유행했던 머리 스타일.

1674년 7월 4일, 베르사유

화장이 진행되는 동안에는 내가 향수와 크림을 골라야 할 때를 기다려야 했다. 휴식 시간이 주어지기를 기다리는 일도 내게는 힘들게 여겨졌다. 트리아농에서 누리던 나만의 멋진 시간을 잃어버린 것이다.

16

몽테스팡이 나를 필요로 하지 않는 틈을 타서, 펠리파 드 비제를 만나 한나절 내내 궁에서 보내게 되었다. 왕비의 시녀는 지난번과 마찬가지로 상냥하게 나를 맞아 주었고, 내가 가져온 향수들을 느긋하게 살펴보았다. 그녀의 취향은 몽테스팡의 그것과는 아주 달랐다. 그녀는 화장을 거의 하지 않았고, 머리는 단순하게 손질하고, 약간의 장미꽃 향수 정도만 뿌렸다. 그럼에도 친절한 펠리파는 내게 비누 몇 가지를 예의상 주문하기도 했다.

그녀는 내게 피에르의 소식을 물어보면서, 그가 오면 늘 기분이 좋아진다고 말했다. 그녀에게 피에르는 상냥하면서도 재미있는 사람이었다. 한 귀족 부인이 우리가 있는 작은 홀로 들어오더니 왕비가 펠리파를 찾는다는 말을 전했다. 나는 대화가 끝났다고 생각하며 나갈 채비를 하고 있었다. 하지만 놀랍게도 펠리파는 내게 함께 가자고 했고, 나는 결국 다리를 후들거리면서 그녀를 따라갔다.

마리 테레즈 왕비는 정원에서조차 마주칠 기회가 없는 사람이었다. 다들 왕비가 외출을 거의 하지 않는다고 했다. 왕비는 나이가 지긋한 십여 명의 귀족 부인들과 화려한 색상의 옷을 입은 난쟁이 부부와 코를 킁킁거리는 강아지 몇 마리에 둘러싸인 채 우리를 맞이했다.

왕비는 키가 작고 뚱뚱한 몸매에 볼품없는 얼굴을 한 여자였다. 펠리파가 나를 소개하자 왕비는 검은 치아를 드러내면서 미소를 띠었다. 왕비는 강한 스페인 억양으로 내게 몇 가지 질문을 던졌다. 처음에는 그라스와 그곳에서 즐겨 먹는 음식에 대해 물어보는가 싶더니, 별안간 몽테스팡 후작 부인에게 향수를 공급하고 있는지를 물어보았다. 펠리파는 몹시 당황하며 고개를 숙였다. 나는 거짓말을 할 수는 없어서, 삼촌이 후작 부인에게 화장품과 향수를 대주고 있어서 나도 함께 일하게 되었다고 설명했다. 그러자 왕비는 내게 몽테스팡의 처소에 투베로즈 꽃다

1674년 7월 4일, 베르사유

발이 있는지를 물어보았다. 나는 어리둥절해서 그것이 있는지 미처 주의 깊게 보지 못했지만 없는 것 같았다고 대답했다. 왕비는 만족스러운 얼굴로 내게 그만 나가도 좋다고 말했다.

다음날 정원에서 펠리파 드 비제와 마주쳤을 때, 그제야 나는 전날의 이상했던 상황에 대한 설명을 들을 수 있었다. 펠리파는 몹시 난처해하며 임신한 여자들은 투베로즈의 향기를 견디지 못한다고 털어놓았다. 왕비는 질투가 몹시 심해서 몽테스팡이 임신했는지를 알아내려고 했던 것이다! 왕비는 몽테스팡이 입은 드레스의 기이한 실루엣을 보고는 의심을 품어왔던 것이다. 나는 몽테스팡의 볼록한 배를 이미 보았으므로 굳이 투베로즈를 기준 삼아 확인할 필요는 없었다. 다행스럽게도 펠리파는 내가 무엇을 염려하는가를 꿰뚫어 보는 것 같았다.

"왕비 마마께서도 조만간 아시게 될 거예요."

펠리파는 한숨을 쉬었다.

"그래서 나는 그 분의 마음이 상하지 않도록 기분을 풀어드려야 하고요. 만약 당신이 왕비께서 얼마나 우시는지 안다면…, 그 분은 성심을 다해 왕을 사랑하시거든요!"

나는 무슨 말을 해야 할지를 몰랐다. 펠리파와 같은 여자가 내게 속내를 털어놓은 것이 몹시 놀라웠다. 그녀는 이야기를 계속 이어 나갔다.

왕과 발리에르 공작 부인과의 오랜 관계 때문에 얼마나 고통을 겪었는지도 말했다.

"발리에르 공작 부인은 몇 달 전에 수도원에 들어갔어요. 알고 있었나요? 발리에르 부인은 매력적이었고 왕비 마마께도 아주 예의바르게 행동했지요. 하지만 전하께서 지금은 몽테스팡 후작 부인을 아주 좋아하시죠. 나는 전하의 마음을 이해할 수 있어요. 몽테스팡 부인은 멋있고 재치가 넘치잖아요! 지난 주 수요일에 열린 연회에서도 굉장히 예뻤답니다!"

펠리파는 계속했다. 왕비에 대해서 존경심과 애정을 가지고 말했다. 그녀가 말한 내용으로 짐작컨대, 마리 테레즈 왕비는 베르사유에서 소외되어 시녀들과 난장이들에 둘러싸인 채, 특히 음식과 기도에만 집착하며 지내고 있었다. 왕비는 프랑스 궁정 생활에 적응하지 못했고 프랑스 요리도, 게임도, 가벼운 대화도 즐기지 않았으며 정치와 예술에도 관심이 없었다. 세상에서 가장 화려한 궁궐에서 그렇듯 은둔해서 살다니, 얼마나 딱한 일인가!

갑자기 펠리파 펠리파가 내 손을 톡톡 두드렸다.

"아가씨, 당신을 만나게 되어서 반가워요. 나는 새로운 사람을 만나는 것을 좋아하죠. 당신과 이야기를 나누게 된 것도 기쁘고요. 베르사유에 남을 생각인가요? 프로방스에 있는 가족을 다시 만나고 싶은 마음에 이곳을 빨리 떠나고 싶을 것 같아요."

그녀에게 그간 친절하게 대해 줘서 감사하다고 말하며, 앞으로의 일에 대해서는 아직 모르겠다고 솔직하게 말했다. 헤어질 때는 마치 그녀와 친구가 된 것 같았다.

7월 11일 수요일에 열리는 여름 연회의 둘째 날까지 나는 펠리파와 니콜라 두 사람 모두 만나지 못했다. 몽테스팡은 유난히 아름다웠고 연회의 여왕이 되어 사람들의 시선을 끌고 칭찬 받기를 무척이나 즐겼다. 몽테스팡은 나에게 그녀가 화장하는 동안이나 트리아농 정원을 산책할 때에도 노상 그녀와 함께 있으라고 했다. 나는 그녀의 시녀들 속에 있게 될 것이다. 데죄이에는 내가 입고 있던 삼베 치마보다 연회의 분위기에 더 잘 어울릴 만한 드레스를 빌려 주었다.

연회는 이른 오후부터 시작되었다. 트리아농에서 아주 가까운 정원에는 오로지 연회 당일만을 위해 정자가 세워졌다. 그것은 목재와 염색된 천으로 만든 팔각형 모양의 건축물로, 오렌지 나무로 둘러싸인 분수도 있었다. 바로 그곳에서 왕과 귀족들은 륄리가 연주하는 《베르사유 찬가》를 듣게 될 것이다. 귀족들과 나란히 앉아 들을 수는 없었지만, 음악회가 열리는 동안 나는 이 여름밤의 달콤함을 만끽하기 위해 그들로부터 아주 가까운 곳에 그대로 있었다. 연주된 곡은 남녀 목동들이 부르는 오페레타였고, 노래는 왕에 대한 찬사로 시작했다.

왕이 귀환하시네.
왕은 팔을 들어 승리를 나타내시네.

하지만 곧이어 보다 가벼운 내용으로 넘어갔다.

승전 이야기는 그만두기로 하세.
여기서는 오로지 사랑 이야기만 해야 한다네….

나는 정자와 아주 가까운 곳에서 눈을 감은 채로 음악을 듣고 있었다. 새들의 지저귀는 소리와 음악이 한데 어우러졌다. '바이올린 소리가 맑은 공기 속으로 드높이 울려 퍼지는 이 감미로운 순간에 피에르가 내 곁에 있다면 정말 좋을 텐데….'라는 생각이 들었다.

음악회는 한 시간 반 만에 끝났고, 왕은 트리아농 정원을 산책하기 위해 밖으로 나왔다. 그의 곁에는 작고 못생긴데다, 꼭 조여 보이는 녹색 드레스로 어색하게 모양을 낸 왕비가 보였다. 하지만 사람들의 눈에는 금과 진주로 수를 놓은 자락이 끌리는 장엄한 드레스를 입은 몽테스팡만이 보일 뿐이었다. 몽테스팡 후작 부인은 의기양양했고 그녀의 존재와 아름다움으로 마리 테레즈 왕비의 존재를 완전히 가렸다.

왕의 뒤에는 온몸을 보석으로 휘감고 매우 짙게 화장을 한 오를레앙 공이 걷고 있었고, 그의 곁에는 얼굴빛이 불그스레한 만삭의 귀족 부인이 활발하게 부채를 흔들고 있었는데, 그녀는 오를레앙 공의 아내이며 바바리아주* 출신의 여인이었다. 한 무리의 귀족들이 그들을 호위하고 있었는데, 모두들 멋진 실크와 새틴으로 옷을 차려입고 있었다. 나의 예민한 코는 이미 머리의 가루분 냄새, 투베로즈와 백합 향수 그리고 땀 냄새와 연지 냄새를 맡고 있었다. 근처에는 왕을 가까이할 기회만 노리는 사람들이 모여 있었고, 좀 더 떨어진 곳에서는 또 다른 무리들이 왕의 말을 듣기 위해 목을 쭉 빼고 있었다.

왕비와 동행한 귀족 부인들 가운데 있던 펠리파와 눈이 마주쳤다. 그녀는 내게 조심스러운 미소를 지어 보였다.

그들은 트리아농까지 아주 느리게 걸었다. 나는 귀족 부인들의 옷맵

---

* 역주 - 바이에른 주. 영어로는 바바리아라고 부른다. 독일의 남동부에 위치하며 현재 주도는 뮌헨이다.

시와 그들의 사치스러운 장신구를 유심히 바라보느라 시간 가는 줄 몰랐다. 트리아농에 도착하자마자 나는 르부퇴 씨를 주목했다. 그는 입구 가까이로 물러나 공손히 서서 왕의 지시에 따를 준비를 하고 있었다.

산책이 시작되었다. 귀족 신사들이 스페인산 재스민을 맡아보거나 패랭이꽃에 감탄을 보내고, 귀족 부인들은 투베로즈의 화단을 보며 넋을 잃은 얼굴을 하자, 왕은 기분이 매우 좋아 보였다. 조향실이 있는 후원에 도착하자, 왕은 후작 부인과 몇 명의 사람들만 데리고 안으로 들어갔다. 남은 사람들은 햇빛 아래 땀을 흘리며 쩔쩔매면서 기다렸다. 몽테스팡이 밖으로 나오면서 데죄이에에게 알 수 없는 신호를 보내자, 그녀는 내게 이렇게 속삭였다.
"가봐, 후작 부인이 너를 찾으시네!"
이 모든 것이 후작 부인과 시녀들에 의해 미리 치밀하게 계획되었으며, 바로 그런 이유로 나를 오라고 한 것임을 알게 되었다. 호기심 어린 시선들이 불편하게 느껴진 나는 고개를 숙인 채 앞으로 나아갔다. 비로소 왕에게 아주 가까이 다가서게 되었다. 왕에게서 내가 만든 〈왕의 향수〉의 향기를 맡고서 말할 수 없이 커다란 기쁨을 느꼈다. 몽테스팡은 이렇게 말했다.
"전하, 이 소녀가 바로 저의 명을 받고서, 마치 눈에 띄지 않는 작은 요

1674년 7월 4일, 베르사유

정처럼 조향실에 숨어서 전하를 위해 일한 자이옵니다. 이 아이는 본래 프로방스 출신인지라, 꽃으로 향수를 만드는데 상당한 재주가 있음을 아뢰옵니다."

갑자기 주변에 있던 아첨꾼들이 수군거리는 소리가 들려왔다. 나는 덥고 당황해서 어쩔 줄을 몰랐다. 그리곤 절을 했다.

"이름이 무엇인가?"

왕이 물었다.

나는 감히 왕을 똑바로 바라보지 못했고, 왕은 나를 알아보지 못했다. 왕은 욕실에서 딱 한 번 나와 마주친 적이 있었다.

"전하를 섬기는 잔느 통바렐리라고 합니다."

"난 자네의 향수에 아주 만족한다. 매우 훌륭한 향수로구나. 앞으로도 계속 그렇게 나와 후작 부인을 섬기도록 하라!"

왕은 다시 걷기 시작했다. 반면, 놀라워하거나 호기심에 찬 사람들은 주위를 빙 둘러싼 채 나를 뜯어보고 있었다. 왕과 그 일행의 소리가 희미해지자마자, 사람들은 수군거리며 좀 전의 상황에 대해 이러쿵저러쿵 하고 있었다. 나이가 지긋한 한 귀족 부인이 다가와 왕을 위해 만든 그 향수를 자신에게 줄 수 있는지를 물으며, 엄청난 금액을 지불할 수 있다고 내게 소곤거렸다. 그런데 또 다른 귀족이 나타나 그 여자를 떼밀고는 귀족 부인이 부른 금액의 두 배를 내게 제안했다. 나는 당황해서 우물쭈물하며 그럴 수는 없다고 말했다. 그때, 데죄이에가 갑자기 내 팔을 잡아당기더니 나를 멀리 끌고 가서 이렇게 말했다.

"네가 한순간이라도 후작 부인이 아닌 다른 누군가에게 그 향수를 팔겠다는 생각은 꿈에라도 하지 않을 것이라 믿어도 되겠지?"

"그런 것은 염려하지 마세요."

나는 대답했다.

"도대체 날 어떻게 생각하는 거예요?"

나는 그 자리에서 벗어났다. 그 순간을 혼자 만끽하고 싶었기 때문이다. 왕이 내 향수를 좋아했으며, 귀족들 앞에서 나와 내 향수를 치하한 것이다! 나는 감동과 뿌듯함이 충만하여 더 바랄 게 없었다.

왕과 귀족들은 꽃이 만발한 오솔길을 계속해서 거닐었다. 나는 그들의 발길이 어디로 향하게 될지를 이미 알고 있었다. 저녁 9시경에는 '살드콩세이으(회의실)'라 불리는 후원에서 연회가 열릴 것이다. 후작 부인은 더 이상 내 도움이 필요치 않을 것이므로, 사람들이 연회를 준비하는 모습을 보러 가기로 마음먹고 다른 길을 이용하여 행렬을 앞질러갔다. 베르사유에는 대단히 멋있는 후원이 제법 많았다. 중앙에는 수로로 둘러싸인 인공 섬이 있었고, 장치를 이용하여 여유롭게 오르고 내리거나 이동할 수 있는 다리가 있었으며, 숲 뒤로는 정자가 숨어 있기도 했다.

이곳은 당분간 엄청나게 소란스러울 것이다. 시종들은 궁중 예복을 입은 수석 정원사의 감독을 받으며, 갖가지 꽃들과 조그만 원탁들, 크리스털 꽃병 그리고 과일과 과자가 담긴 바구니들을 가져왔다. 나무 위에는 샹들리에가 설치되었다. 정원사들은 오렌지 나무와 투베로즈를 심은 화분과 꽃을 줄로 엮어 만든 화환을 끌어왔다. 왕이 도착하기 전에 일을 끝마치기 위해 다들 매우 바삐 움직이고 있었다. 언제나 그러했듯이, 아주 작고 사소한 부분들마저 완벽함과 화려함의 극치를 이루게 될 것이다.

"잔느?"

니콜라였다. 그를 만날 수 있으리라는 희망을 품고 내가 이곳에 왔다는 것을 그 순간 깨달았다. 다정다감한 그의 얼굴이 너무 그리웠던 것이다. 향기로운 백합을 한 아름 들고 온 그는 걱정스러운 눈빛으로 나를 바라보면서 도자기 화병에 꽃을 꽂았다.

"아직도 화가 나있어요?"

어찌할 바를 모르는 그의 모습에 나는 웃음이 나왔다.

"전혀요. 니콜라, 화난 게 아니에요. 당신이 좋은 의도로 말했다는 건 나도 알아요!"

그의 얼굴이 환해졌다. 더 길게는 이야기를 나눌 수 없다면서 내게 미안해했다. 해야 할 일이 여전히 많다고 했다. 나는 후원에 조금 더 머물면서 연회의 준비 과정을 지켜보았다. 그런 다음, 데죄이에가 있는 곳으로 다시 가서, 캄캄해지기 전에 르보 씨 집으로 돌아가야 하니 그만 궁을 떠나게 해달라고 부탁했다.

17

다음날, 몽테스팡 부인은 필요한 물품들의 목록을 내게 건네며, 며칠간의 말미를 줄 테니 최대한 빠른 시일 내에 가져오라고 말했다. 〈왕의 향수〉 세 병, 무향의 머리용 가루분 2리브르, 오이 크림 2리브르, 손에 바르는 크림 한 통과 금가루를 입힌 비누였다. 몽테스팡은 7일 후에 열리는 여름 연회에 입을 옷차림에 대해 벌써부터 걱정하고 있었다.

　나는 인사를 하고 나왔다. 데죄이에는 더는 내게 말을 걸지 않았고, 시녀들도 떠나는 내 모습을 무심하게 바라보았다. 그곳을 떠나게 되어 행복했다. 그만하면 충분했다. 끝없이 이어지는 연회, 꽃이 만발한 후원들과 베르사유에서 누리게 되는 인위적인 생활이 지겨워졌다. 복도에서는 역겨운 냄새가 진동하는 멋들어진 궁전과 화장을 짙게 하고 환심을 사는 데만 정신이 팔려있는 귀족들로부터 멀어지고 싶었다. 파리나 그라스로 다시 돌아가 향수 가게에서 일하면서 지내고 싶었다. 참다운 나의 삶을 되찾고 싶었다.

　줄곧 친절하게 대해 주었던 펠리파에게 인사하러 갈 생각이 들었다. 그래서 나는 왕비의 처소로 가기 위해 대리석 정원을 가로지르고 있었다. 그러다가 무언가에 세게 얻어 맞은 듯 그만 넘어지고 말았는데, 몸을 일으키고 보니 내 앞에 서 있는 사람은 어이없게도 삼촌이었다. 삼촌은 마치 정신이 나간 사람처럼 보였다.

"잔느, 결국엔 여기서 만나는구나! 널 찾고 있었다. 중요한 말을 전하기 위해 베르사유에 왔단다."

　나는 다른 사람들이 듣지 못하도록 삼촌의 팔을 잡아 정원 쪽으로 끌고갔다. 걷는 동안 삼촌은 내게 아무런 말도 하지 않았다. 삼촌은 바닥을 응시한 채, 그저 고개만 끄덕이고 있었다. 아버지나 그라스에 있는 다른 가족들에게 나쁜 일이 생겼다는 소식일까 봐 두려웠다.

"저를 믿고 말씀해 주세요!"

"마르시알을 만났거든…."

나는 한숨을 내쉬었다. 결국 삼촌은 예의 그 결혼 구상에 대해 다시 말하러 온 것이었다. 그러나 실은 불행 중 다행이었다.

"네에?"

"잔느, 우리가 오를레앙 공의 향수를 만든다고 누구에게 말한 적이 있니?"

입이 얼어붙는 것 같았다. 삼촌은 다그치며 물었다.

"자, 어서 말하려무나."

"제가 그 일에 대해 몇 마디 한 건 사실이에요."

"피에르 롬므냐, 초콜릿 가게에서 일하는?"

이렇게 물으며 삼촌은 나를 꾸짖었다.

"네, 지난번에 그 사람이 저를 만나러 트리아농에 온 적이 있었거든요."

"그렇다면, 사실이로군. 난 설마 했었는데, 네 말을 들어보니…."

나는 기가 막혀서 어쩔 줄을 몰랐다.

"삼촌, 무슨 일인지 말씀해 주세요."

삼촌은 나를 차갑게 바라보았다.

"롬므는 깡패 같은 녀석이야. 불한당 같은 악질이라고!"

"무슨 말씀인지 도무지…. 삼촌이 어째서 그 사람을 비난하시는거죠?"

"통제하는 사람 하나 없이 너를 이곳에 혼자 두지 말았어야 했는데…. 네 재능에만 온통 내 정신이 팔려 있었던 게야. 멀끔하게 생긴 그 녀석이 고의로 파 놓은 함정에나 고스란히 걸려들다니, 정말이지 넌 한낱 조그만 계집애에 지나지 않는구나."

나는 눈물을 흘렸다.

"전 더 이상 어린아이가 아니라고요! 그러니까 삼촌은 롬므가 한 짓을 제게 말씀하시려는 건가요?"

"어제 저녁, 마르시알이 나를 만나러 왔다. 그는 큰 충격에 빠져 있었어. 롬므가 그의 가게로 와서는 마르시알이 문제의 향수를 만들 수 없다는 사실을 자신이 알고 있다고 말했다는 거야. 그리고는 마르시알에게 말하길, 자신이 입을 다무는 대신 엄청난 액수의 돈을 내놓지 않는다면…."

나는 펄쩍 뛰었다.

"그럴 리가 없어요!"

"그는 마르시알이 그저 사기꾼에 불과하다는 것을 세상 사람들과 베르사유 궁궐에 폭로하겠다고 말했다는 거야."

난 토할 것처럼 속이 울렁거려서 똑같은 말만 되풀이했다.

"아뇨, 그럴 리가 없어요!"

하지만 그것이 사실이라는 것을 알고 있었다. 삼촌이 마르시알이 받은 고통에 대해 상세히 이야기하는 동안, 피에르 때문에 내가 놀라기도 하고 불편하기도 했던 그 모든 일이 떠올랐다. 그가 이 문제에 관심을 보이며 집요하게 알아내려 했던 것, 베르사유에서 분주했던 모습, 마리에트라는 여자와의 공모…, 나를 이용한 것이다! 그리고 그가 내게 해준 키스 역시 연기였던 것이다. 나는 어이가 없었다. 삼촌은 계속했다.

"가여운 마르시알은 다행스럽게도 아직 돈을 내주지는 않았어. 일단 내 의견부터 물어보려고 찾아온 거야."

"제가 그 일에 대해 피에르에게 말한 것은 인정해요. 하지만 그를 믿었던 거예요! 죄송해요. 삼촌, 용서해 주세요."

삼촌은 잠시 나를 물끄러미 바라보더니 표정을 부드럽게 하며 말했다.

"잔느, 너를 탓하지는 않겠다. 그 녀석이 너무 교활했던 거야. 넌 너무 어리고."

"아버지도 알고 계시겠죠?"

"그래, 네 아버지는 즉시 너를 파리로 데려오라고 부탁했다. 네 아버지도 걱정하고 있어. 상당히 화가 나있단다."

나는 몸을 부르르 떨며 거듭 말했다.

"죄송해요. 이제 일이 어떻게 될까요? 마르시알이 경찰에 그 일을 알리려 할까요?"

나는 피에르를 탓하지 않았다. 아직은 아니다. 나는 서글퍼졌고, 그를 그리 쉽게 믿어 버린 것에 상처받고 화가 났다. 내가 속은 사실을 깨달았어도 소용이 없었다. 그럼에도 나는 피에르가 감옥에 갇히기를 바랄 수는 없었다.

"마르시알에게 그렇게 하지 말라고 충고해 줬다. 만일 그가 경찰에 알린다면, 롬므는 홧김에 모든 것을 폭로할 것이고, 그렇게 되면 마르시알은 파리에서 비웃음거리가 될 테니까."

"하지만 그가 어떻게 할까요? 돈을 줄까요?"

"아니, 그렇게 하면 롬므에게 또 당하게 될 거야. 한번 돈을 뜯어내면, 녀석이 한 달 후에 또다시 마르시알에게 돈을 요구하지 않을 거라고 누가 장담할 수 있겠어? 아니, 마르시알은 돈을 주지 않을 거야."

나는 이마를 찌푸렸다.

"하지만 만약 마르시알이 경찰을 부르지도 않고 돈도 주지 않는다면, 이 사건이 어떻게 전개될지는 아무도 모르겠군요."

"잔느, 내게 해결책이 있단다. 그런데 그것을 위해 다름 아닌 네가 해

주어야 할 일이 있다."

"제가요? 제가 무엇을 할 수 있을까요?

"마르시알과 최대한 빨리 결혼해라. 네가 그의 상점을 맡아야 한다. 그리고 마르시알을 위해서 오를레앙 공의 향수보다 더 좋은 새로운 향수를 만드는 거야! 그리되면 설령 롬므가 마르시알의 무능함을 폭로하더라도 아무도 그의 말에 귀를 기울이지 않을 게다. 훌륭한 향수를 만든 사람을 두고 무능하다고 말한다면 그걸 누가 믿겠어? 중상모략이라고 하겠지!"

나는 혼신을 다해 반박했다.

"하지만 삼촌, 모든 일에는 시간이 걸려요. 더욱이 저는 며칠 만에 결혼식을 치를 수도 없고, 향수를 만들 수도 없다고요! 롬므는 아마 그때까지 기다리지 않을 거예요."

삼촌은 손을 내저으며 내 말을 잘랐다.

"롬므에게 몇 푼 쥐어주고는 기다리게 할 거야. 장차 남은 돈을 손에 넣게 될 거라 그가 착각하게끔 말이지."

"하지만 제가 마르시알의 상점에서 조향사로 일하게 되면, 제가 그의 아내가 되든 말든 - 이렇게 말하면서 몸서리를 쳤다. - 그의 상점에서 나오는 새로운 향수는 모두 제 작품이지, 그의 것이 아니라는 사실을 세상 사람들 모두가 알게 될 텐데요!"

삼촌은 당황한 기색으로 나를 바라보았다.

"하지만 잔느, 어쨌든 너는 공식적으로 조향사라는 직업을 가질 수 없단다!"

순간, 내 귀를 의심했다.

"어떻게 그럴 수가 있죠? 무슨 말씀을 하시는 건지 모르겠네요."

"잔느, 여자는 조향사가 될 수 없단다. 그건 불가능한 일이야! 향수 장인 조합이 정한 규약에 따라 금지된 일이라고!"

그 순간, 내가 앉아 있었기에 망정이지 하마터면 쓰러질 뻔 했다. 삼촌은 향수 장인들의 세부 규약에는 누가 조향사가 될 자격이 있으며, 견습 과정은 어떻게 진행되고, 견습 기간은 얼마나 되는지 등이 명시되어 있다고 했다. 그러나 여자들은 철저히 배제되었다. 다만 일부 제한된 조건에 한해서만 조향사의 미망인들은 받아들이고 있었던 것이다. 나는 분개했다.

"언젠가 제가 삼촌과 함께 일할 수 있으리라는 희망을 가져왔어요. 삼촌의 바람도 그럴 것이라 생각했고요."

삼촌은 난처한 듯 시선을 떨구었다.

"솔직히 말해서 너처럼 특별한 능력이 있는 사람과 함께 일할 수만 있다면 나야 행복하겠지. 하지만 그건 그러니까…, 음…비공식적으로는 가능한 일이란다. 어쨌든 네가 마르시알과 결혼한다면 모든 문제가 한

번에 해결될 거다!"

장차 내게 닥칠 일들과 그 끔찍한 해결안을 꾹 참고 들어야 했다.

"하지만 그라스에서는 제가 견습을 마치고 나면 조향사가 될 수 있다고 아버지는 말씀하셨어요."

"아, 그래. 그라스는 전혀 딴판이지! 나는 파리의 엄격한 규율에 대한 말을 하는 중이다. 프로방스의 규율은 이곳만큼 엄격하지는 않지."

이 말은 그날 들은 소식들 가운데 그야말로 유일하게 희망적인 내용이었다. 그러나 삼촌은 결혼에 대한 논쟁을 다시 시작했다. 그날 저녁, 삼촌은 함께 파리로 돌아가자고 말하면서, 우리가 아버지 앞에서 이 대화를 계속 이어 가야한다고 주장했다. 언젠가 그러한 순간을 맞닥뜨리게 되리라는 것을 나는 알고 있었다.

나는 베르사유를 떠나기 전에 펠리파 드 비제에게 작별 인사를 하러 가게 해달라고 삼촌에게 부탁했다. 그리고 니콜라에게도 인사를 하고 싶었다. 삼촌은 그렇게 해도 좋다며 허락을 해주고는, 나를 기다리는 동안 르보 씨 부부를 다시 만나러 나갔다.

혼자 남게 되자, 나는 절망에 빠졌다. 손으로 얼굴을 감싸고 한참을 울었다. 삼촌은 심지어 몽테스팡에게 가져갈 향수를 내가 완성했는지는 물어보지도 않았다! 정원에서 왕을 만나서 빛나던 그 영예의 순간이 이미 아득하게만 느껴졌다.

1674년 7월 4일, 베르사유

마음을 추스르고 눈물을 닦았다. 니콜라를 찾아 나서기로 결심하고, 트리아농 쪽으로 향했다. 하염없이 생각에 젖어 걷고 있는데 누군가가 말을 걸었다.
"잔느, 널 찾고 있었어!"
피에르였다.

18

피에르에 관한 자초지종을 듣자마자 베르사유에서 다시 마주치다니, 이럴 수가! 순간 꿈을 꾸고 있는 것만 같았다. 하지만 피에르는 상냥하게 미소를 지으며 바로 내 눈앞에 서 있었다. 그가 어찌나 온화하게 느껴지던지 나도 모르게 그만 이런 소망을 갖고 말았다. '틀림없이 삼촌이 오해한 것이며, 그에 관한 이야기는 모두 다 거짓이기를!

부디 이 잘생긴 남자에게는 아무런 잘못이 없었으면! 그리고 그가 내게 모든 것을 설명해 주기를!'

"피에르! 여기서 뭐하고 있어? 지금 파리에 있어야 하잖아."
"샤이유 씨가 심부름을 시켰어. 그래도 상관없어. 널 이렇게 다시 만나니까 무척 좋은 걸."
"정말로?"
"물론이지. 왜 그런 질문을 하니? 잔느, 어째 좀 심란해 보이네."
"그래, 맞아."
나는 대답했다.
"네가 마르시알을 만나러 가서, 세상 사람들에게 그의 무능함을 폭로하겠다고 위협하면서 돈을 요구했다는 걸 방금 알게 되었거든!"
이 말에 그의 얼굴이 창백해졌지만 이내 다시 침착을 되찾았다.
"이런, 마르시알이란 녀석은 입이 영 무겁지 못하군. 너에게 그 얘기를 한 건 아마도 네 삼촌이시겠지?"
그를 유심히 살펴보았다. 조약돌을 하나 주워들고는 만지작거리고 있었다. 나는 다시 물었다.
"나한테 하고 싶은 말 없니?"
"그럴 리가 있겠어? 그를 만나러 갔지. 녀석을 잘 알고 있었거든. 그

뚱뚱한 멍청이는 때때로 혼줄을 내줘야 해."

그의 이중적인 언행에 질겁하고 그를 흘겨보았다. 하지만 그는 도리어 미소를 지어 보였다. 내가 무척이나 좋아하던 바로 그 매력적인 미소였다!

"맙소사! 잔느, 그런 건 그저 장난일 뿐이라고! 돈을 좀 뜯어내는 것도 재미가 제법 쏠쏠하거든."

"적어도 그 일에 엮인 나에 대한 생각은 해본 거야?"

"아니, 솔직히 말할게."

그는 결국 모든 것을 고백했다.

"나는 마르시알이 그 자리에서 깨끗이 돈을 내놓을 거라 생각했거든. 설마 네 삼촌 품에 안겨 징징댈 거라곤 상상조차 못한 일이라고! 엄청난 부자이면서 말이지. 그 얼간이 말이야. 그런 녀석에게 금화 몇 푼이 뭐 그리 대단하겠어? 그 일로 네가 곤란했다면 미안해."

"'그 일로 내가 곤란했다면'이라고? 그 일 때문에 삼촌은 나를 머지않아 마르시알과 결혼시키려 한단 말이야!"

피에르는 갑자기 눈을 크게 뜨더니 이내 웃음을 터뜨렸다.

"정말이야? 하지만 멋진 생각인데, 잔느!"

눈물이 앞을 가렸다. 나는 뒤로 물러섰다.

"그만 둬, 제발…. 너는 어떻게 그런 식으로 농담이나 할 수 있니?"

"천만에! 농담하는 게 아니라고. 그 뚱뚱한 멍청이와 그냥 결혼해. 넌 부자가 될 거고 그를 마음대로 부리게 되겠지. 그리고 넌 파리에서 살게 될 거고… 그러면 우리는 다시 만날 수 있을 거야. 너와 내가…."

"넌… 너는 정말이지 역겨워!"

"잔느, 상황을 너무 심각하게 바라보지는 마! 자, 잔느…."

피에르는 다가와서 내 손을 잡았다. 순간 그에게서 달콤한 초콜릿 냄새를 맡았지만, 그럼에도 이번에는 마음이 흔들리지 않았다. 그에 대한 환상이 깨져버린 것이다. 그는 모든 것이 일종의 연기였으며, 단지 마르시알의 어리석음을 이용하려고 한 것 뿐이니, 자신은 사기꾼이 아닐뿐더러 더욱이 나를 진심으로 좋아한다고 주장했다. 결혼은 내가 부자가 될 수 있는 기회이자, 파리에서 자신과 가까이 지낼 수 있는 기회라면서, 내가 가져야 할 생각들과 결혼 문제에 대해 다시 말했다. 나는 그의 뻔뻔스러움에 비위가 상한 나머지 딱 한 가지만 바라게 되었다. 그에게서 벗어나 그를 잊는 것이다. 갑자기 한 가지 의문이 생겼다.

"그런데 베르사유에서 무엇을 하고 있었던 거야? 네가 어떻게 여기서 한가로이 시간을 보낼 수가 있는 거지? 가게 일을 그만둔 거야?"

그제야 그는 언짢은 표정을 지었다.

"아니, 여전히 샤이유 씨 가게에서 일해. 더욱이 난 내가 하는 일이 좋아. 난 그저 멍청이를 이용해서 돈을 좀 얻어낼 좋은 기회를 잡았던 거지. 그렇게 혼내줄 만한 녀석이니까. 자, 우리 화내지 말자!"

그가 어떤 말을 해도 조금도 와 닿지 않았다.

"그럼 샤이유 씨가 너를 이곳으로 보낸 거니?"

"응, 샤이유 씨는 어느 후작이 애인을 위해 주문한 초콜릿을 전달하는 일을 내게 맡겼어."

"언제 일인데? 언제 트리아농에 온 거야?"

"샤이유 씨에게 하루만 휴가를 달라고 부탁했지. 너를 보고 싶었거든."

"거짓말 마!"

"하지만 사실인걸. 잔느, 난 너를 정말 좋아해. 너도 알고 있잖아."

나는 돌처럼 굳은 채 아무 대꾸도 하지 않았다. 그러자 피에르는 내가 먼저 말을 걸어오길 기다리다가 한숨을 쉬더니, 인사를 건네고 떠났다. 어찌할 바를 몰랐다. 펠리파에게 그만 작별 인사를 해야겠다고 생각했다.

잠시 후 펠리파가 평소처럼 친절하게 대기실에서 기다리고 있던 나를 맞이했다. 내가 떠난다고 말하자, 그녀는 나의 행복을 진심으로 기원해 주었다. 피에르를 통해 종종 내 소식을 듣게 되기를 바란다고 말했다. 차마 우리가 다툰 일은 털어놓지 못했다. 나는 그녀의 호의에 감사의 말을 건네고 떠났다. 이제 남은 일은 니콜라에게 작별 인사를 하고 삼촌을 다시 만나는 것이다.

니콜라는 오랑주리에서 일하고 있었다. 내가 떠난다는 사실을 말하자, 그는 안색이 어두워졌다.

"다시는 만날 수 없겠지요."

"그래요, 다시 만나기는 조금 어렵겠죠."

"언젠가 내가 우연히 파리에 가게 되면, 당신의 삼촌 가게로 인사하러 가도 될까요?"

"그럴 수만 있다면 좋겠네요. 하지만 내가 파리에 얼마나 오래 머물지는 알 수 없어요. 가능한 빨리 그라스로 되돌아가고 싶으니까요."

아버지의 비난과 결혼 문제를 둘러싼 끝없는 논쟁 등, 삼촌네로 돌아가자마자 내게 닥칠 일들에 대해 생각했다. 그라스로 너무 서둘러 돌아가지 않는 편이 낫겠다는 생각이 들었다. 순간 니콜라에게 내 속을 털어놓고서 조언을 구하고 싶어졌다.

"니콜라, 당신이 어째서 피에르를 조심하라고 내게 말했는지 알고 싶어요. 제발 솔직히 말해주세요. 내게 아주 중요한 일이거든요!"

피에르가 예쁜 시녀와 정원에 함께 있는 것을 여러 번 목격했다고 그는 주저 없이 말했다.

"그녀와 달콤한 말을 속삭이고 있었어요."

니콜라는 덧붙였다.

"피에르는 젊고 잘 생긴 남자니까, 그럴 수도 있겠죠. 하지만 당신이 그와 함께 있는 것을 보았을 때는…."

니콜라는 금발 머리의 속까지 빨개졌다.

"알겠어요. 그리고 고마워요. 그 아가씨는 마리에트였을 거예요. 오를레앙 공의 처소에서 일하는 시녀죠."

"그렇군요. 미안해요. 그 일로 당신이 힘들어할 거란 것을 알지만, 솔직히 말하라고 했잖아요!"

나는 너무 놀라서 말을 삼켜버렸다. 니콜라는 덧붙였다.

"내가 그를 좋게 보지 않는 이유가 또 있어요. 그는 이곳저곳을 뒤지고 다니는 사람이죠. 나는 심지어 그가 당신의 조향실 근처에 있는 것도 목격했어요."

향수병이 다른 곳으로 치워진 일이 떠오르자, 순간 온몸이 오싹해졌다. 그렇다면, 피에르가? 하지만 내 향수 포뮬러로 무엇을 하려 했던 걸까? 어쨌든 그는 내 것을 훔쳐갈 생각은 없었을 것이다. 내가 피에르를 의심했던 이야기를 들은 니콜라는 침착하게 말했다.

"그가 못된 짓을 할 수 있는 틈을 주지 말아요. 기회만 있으면 머리를 짜내는 부류의 인간들은 늘 있는 법이니까요. 피에르에게도 아마 그런

영악한 면이 있을 거예요."

"당신은 사람을 꿰뚫어 보는 눈을 가졌나 봐요. 그런 능력이 있는 줄은 미처 몰랐네요!"

"그런 건 아니에요. 하지만 우리가 이곳에서 일하면서 알게 되는 것들을 당신은 상상도 못할 거예요. 그러면서 인간의 본성이 가진 이상한 측면들에 대해 많은 것을 배운답니다. 미안하지만, 난 이 오렌지 나무를 옮겨야 해요."

그러면서 니콜라는 놀라운 일화를 들려주었다.

"어제 후원에서 열린 음악회의 지휘를 맡았던 륄리 씨를 보셨죠."

"네, 기억나요."

나는 거무스레한 얼굴에 풍채 좋은 중년의 남자를 떠올렸다. 니콜라는 말을 계속 이어갔다.

"륄리 씨가 시동이었던 시절의 어느 날, 공주가 정원에서 조각상 받침대가 비어 있는 것을 보고 놀라서 소리 지르는 걸 들었대요. 공주가 다른 곳으로 도망가자마자, 어린 륄리는 옷을 벗고 나체로 받침돌 위에 올라가 고대 조각상의 포즈를 취했답니다. 공주가 그곳을 다시 지나가다가 얼마나 놀랐을지 한번 상상해 보세요."

나는 웃음을 터뜨렸다.

"농담하시는 거죠?"

"전혀요. 비록 내가 아직 이곳에 없었던 때의 이야기지만, 출처는 확실하답니다."

니콜라는 또한 사람들이 벤치에 두고 간 부채나 소지품을 훔쳐서, 그것을 그랑 카날에 던지는 늙은 귀족을 안다고 했다. 그리고 후원에 숨어서 식인귀처럼 먹어 치우는 귀족 부인과 그 밖의 기이하고 놀라운 이야기들도 들려주었다.

"니콜라, 고마워요. 당신이 날 웃게 만드는군요! 아쉽지만 그렇다고 해서 내 문제가 해결된 것은 아니에요. 그라스로 돌아갈 수만 있다면 그래서 모든 일을 잊을 수만 있다면, 무슨 일이든 기꺼이 해낼 수 있을 것 같아요."

"베르사유에 온 것을 후회한다는 뜻인가요?"

"그런 건 아니에요."

우리는 '아폴론의 분수' 앞에 있었다. 마치 수레에 실린 건초같은 그의 누런 머리털에 아폴론 신이 물을 뿜어내고 있는 것처럼 보였다. 뒤쪽으로는 그랑 카날이 저 멀리 아득하게 뻗어있었다. 모든 것이 그토록 아름다웠고, 더욱이 그런 근사한 광경을 보고 감탄할 수 있는 것은 내 생의 단 한 번뿐인 기회였을텐데! 그럼에도 그토록 유감스러웠던 이유는 대체 무엇일까?

"나는 베르사유와 조향실 그리고 트리아농과 몽테스팡 후작 부인에 대한 추억을 언제까지나 간직할 거예요. 왕을 위해 향수를 만들 수 있는 기회를 얻어 칭찬도 받았고, 당신과 펠리파도 알게 되어 많은 것을 배웠으니, 정말 운이 좋았어요."

"하지만 결국 당신은 그라스로 다시 돌아가겠죠? 그라스가 그렇게 아름다운가요?"

내가 살던 작은 마을과 향기로 가득한 언덕에 대한 이야기를 들려주었다. 오렌지 나무나 패랭이꽃을 재배하는 것에 대해 자세히 알고 싶어 하는 그에게서 남다른 열정이 느껴졌다. 하지만 자칫 자신이 내 고민거리에 무심한 사람으로 보일까봐 그런 것인지는 몰라도, 그는 애써 질문을 참고 있었다.

"사실 삼촌의 '오랑주리' 상점에서 일하고 싶었어요. 하지만 파리에서 여자는 조향사가 될 수 없다는 것을 알게 되었거든요. 금지된 일이라는 군요!"

"당신처럼 재능이 있는 여자도 말인가요?"

니콜라는 몹시 놀라워하며 말했다.

"정말 유감스럽네요."

"어쨌든 피에르 롬므의 상점과 가까운 곳에서는 살고 싶지 않아요."

"그를 다시는 안 볼 생각인가요?"

1674년 7월 4일, 베르사유

니콜라는 걱정스러운 눈빛으로 물었다.

잠시 망설였다. 하지만 그가 너무나 정직해 보여서 오를레앙 공의 향수 사건에 대해 말해도 될 것 같은 느낌이 들어, 결국 모든 것을 털어놓았다. 아울러 우리 가족이 나에게 강요하는 그 끔찍한 결혼 문제에 대해서도 말했다. 놀랍게도 그는 화를 내는 대신 팔짱을 끼고 생각에 잠겼다.

"당신이 별로 관심이 없을 거란 걸 알아요."

나는 자존심이 상해서 말했다.

"아니, 전혀 그렇지 않아요. 사태를 좀 더 분명히 알고 싶은 거예요. 피에르 롬므가 초콜릿 가게에서 일하고 싶다고 했나요?"

"그렇죠."

"그렇다면, 간단하네요! 롬므가 마르시알을 협박하기를 멈추지 않는다면, 샤이유 씨를 만나서 그가 한 짓을 폭로하겠다고 겁을 주면 될 것 같아요. 만일 롬므가 자기 일을 계속 하고 싶다면 잠자코 있어야 할 테니까요."

니콜라의 제안을 잠시 생각해 보고 나서 나는 안도의 한숨을 쉬었다.

"당신이 그렇게 말하니까, 일이 무척 쉬워 보이네요."

"그렇게 하면 모든 일이 별 탈 없이 지나갈 거예요. 난 확신해요. 그가 제 정신이 박힌 사람이라면, 어떻게 하는 편이 이로울지 알 테니까요. 아, 결혼 문제가 아직 남았군요. 정말로 마르시알과 결혼하기 싫은 거예요?"

그에게 눈을 흘겼다.

"알겠어요."

그는 말을 이었다.

"좋은 방법을 찾을 수 있을 것 같아요. 하지만 우선 향수와 관련된 당신의 일에 대해 아주 자세히 말해줘요. 아직 당신의 일을 완전히 알고 있지 못한 것 같아서요."

"무슨 뜻이죠?"

"트리아농의 조향실에서 당신이 했던 일과 관련된 이야기라면 하나도 빠짐없이 들려줘요."

1674년 7월, 파리

19

삼촌과 나는 파리로 돌아가는 길 내내 그저 일상적인 대화만 나누었다. 삼촌은 생각에 빠져 아무런 말이 없었고 나 역시 상념에 잠겨 있었다. 니콜라가 참으로 좋은 남자라는 생각이 들었다. 그는 내 얘기를 들어주고, 나를 격려해 주었으며, 그의 발상은 아주 기발했다. 그 계획이 성공하느냐는 내게 달렸다. 만약 내가 잘만 견뎌낸다면 그 계획은 틀림없이 성공할 것 같았다.

아버지와 숙모는 아주 쌀쌀맞게 나를 맞이했다. 나는 곧바로 조향실로 들어가 일을 시작했다. 더 이상 몽테스팡의 지칠 줄 모르는 요구와 기대에 맞출 필요 없이 마음껏 살 수 있게 되어 행복했다. 그럼에도 몽테스팡을 아예 잊지는 않았다. 그녀가 부탁한 가루분과 향유 크림을 준비했고, 〈왕의 향수〉도 몇 병 더 만들어 보내기 위해 여러 가지 꽃물을 배합하기 시작했다.

이튿날 저녁, 점원들이 퇴근을 하자 드디어 아버지가 말을 꺼냈다. 아버지는 심기가 불편해 보였고, 작은 용기를 쌓아둔 곳의 주변을 한참 동안 이리저리 서성거리다가 비로소 입을 떼었다.

"잔느, 네가 신중하지 못하게 처신했다는 말을 들었다."

"정말 죄송해요, 아버지."

"너 때문에, 너의 경솔함 때문에 마르시알이 곤경에 처해 있어."

"하지만 제 덕분에 마르시알이 오를레앙 공한테 향수를 대줄 수 있었다는 사실은 잊으시면 안 되죠!"

나는 아버지에게서 눈을 떼지 않고 말했다.

"네 덕분이라고?"

아버지는 놀라서 삼촌을 흘깃 쳐다보았다.

"그래."

삼촌이 말했다.

"부족했던 향료가 초콜릿이라는 사실을 잔느가 알아내어 나를 도와줬단다."

"하지만 형은 그 일에 대해서는 제게 아무 말도 하지 않았잖아요!"

아버지는 기뻐하며 소리쳤다.

"잔느, 대단하구나! 초콜릿이라니, 정말 기발한 생각이구나!"

"고맙습니다!"

"잘했구나."

그러나 아버지는 이내 위엄을 되찾고는 말했다.

"그렇다고 해도 네가 불쌍한 마르시알의 비밀을 피에르 롬브에게 말한 것은 정말 경솔한 짓이었어."

아무런 대답도 할 수 없어서 나는 눈을 내리깐 채 입을 다물고 있었다.

"마르시알에 대한 얘기를 해보자. 그는 엄청난 부자에다, 너도 알다시피…."

"엄청난 멍청이죠! 향수에 대해서는 아는 것도 없으면서 바보처럼 웃기나 하죠. 게다가 못생기고 눈썹과 속눈썹마저 없다고요!"

"난 그를 대하면서 불쾌감을 느껴 본 적이 한 번도 없다."

아버지는 내 말을 인정하지 않았다.

"또한 마르시알은 파리에서 가장 이름난 향수 가게를 소유하고 있지."

"당장은 그렇겠죠, 아버지. 당장은요! 저는요, 삼촌의 가게가 곧 그의 가게를 제치게 될 거라고 확신해요!"

"꼬박꼬박 말대꾸를 하는구나, 잔느! 아무튼 삼촌과 나는 마르시알과 너를 결혼시키겠다는 데에 뜻을 같이 했단다."

"끔찍한 일이에요! 저를 억지로 그와 결혼시키면 안돼요. 제발! 저에게 불행한 일이 일어날 거예요!"

"그만해라. 대체 누가 너를 강제로 결혼시킨다고 하든?"

아버지는 언짢아했다.

"단지 네가 사리에 맞게 처신하길 바라는 거야!"

"아버지, 저는 결혼하고 싶지 않아요. 아버지 곁을 떠나고 싶지 않다고요. 그라스에서 아버지와 함께 일하고 싶어요!"

"조카야."

삼촌이 눈살을 찌푸리며 말했다.

"그런데 이제 보니 넌 파리에 남아 '오랑주리'에서 나와 함께 일하고 싶은 것 같지 않구나!"

"불가능한 일이라고 삼촌께서 말씀하셨잖아요."

"그야 네가 마르시알과 결혼한다면 이야기는 달라지겠지."

"그래도 저는 절대 조향사가 될 수 없잖아요. 만약 조합의 규율을 어기면서 조향사가 된다면, 저는 숨어서 일해야겠죠! 아버지는 딸이 그렇게 되길 바라시는 거예요?"

아버지 쪽을 바라보며 말했다.

"그리 되면 곤란한 건 사실이지."

아버지는 난처해했다.

"곤란하다고요? 그 정도로는 표현이 너무 약하죠. 오히려 위태롭다고 말해야겠죠! 그리고 그라스의 향수 가게에서 아버지가 혼자 일하시는 건 상상할 수도 없는 일이에요. 누구의 도움도 없이요."

"아버지에게는 조수들이 있어. 아무 문제 없단다."

삼촌은 내 말을 맞받아쳤다.

"형, 그렇기는 하지만, 잔느의 도움이 꼭 필요한 건 사실이에요."

아버지는 조심스럽게 말했다. 난 아버지의 목에 매달렸다.

"오! 감사해요! 아버지, 사랑하는 아버지! 저와 헤어지고 싶지 않으신 것 같아 너무 좋아요!"

"하지만 그런 뜻으로 한 말이 아니란다."

아버지는 한숨지었다.

"아! 잔느, 넌 듣기 좋은 소리로 날 혼란스럽게 하는구나! 그게 바로 여자들의 수법이지!"

"얼른 그라스로 돌아가자고요. 우리 둘이요. 엄마가 저를 보시면 정말 행복해 하실 거예요!"

"물론이지, 물론이야. 하지만…. 네 엄마가 나를 너무 보고 싶어 하지 않았으면 좋겠구나. 엄마는 내가 없으면 간혹 네 동생들을 돌보는 걸 힘들어하거든."

내 예상대로 아버지는 엄마의 반응에 대해서는 별로 신경쓰지 않았다. 아버지의 얼굴이 이내 창백해졌다.

"잔느!"

삼촌이 말했다.

"네가 무슨 짓을 하려는지 뻔히 다 보인단다. 잔꾀 부리지 마라!"

나는 반응을 보이는 대신 도도하게 팔짱을 꼈다. 삼촌은 계속해서 말했다.

"이렇게 했으면 좋겠다. 네 미래에 대해서는 여유를 갖고 나중에 이야기하자꾸나. 우선 불쌍한 마르시알이 그 불한당 녀석의 손아귀에서 빠져나오도록 도울 방법을 찾아야 한다. 만약 네가 아주 빨리 결혼한다면…."

"저에게 더 좋은 생각이 있어요."

나는 다소곳한 태도로 말했다.

두 사람은 몹시 놀라워했다. 니콜라가 내게 말해준 비책을 내놓았기 때문이다. 삼촌은 고개를 끄덕였다.

"그 생각도 나쁘지 않구나. 그가 자기 자리를 지키고 싶다면, 사실상 우리 수중에 놓인 셈이지. 돈만 받으면 알아서 떨어져 나갈 녀석이니까! 내일 즉시 그를 만나러 가야겠다."

나는 자리에서 일어나 방으로 올라갔다. 얘기가 생각보다 잘 되었으니 그만 마음을 내려놓아도 될 것 같았다. 하지만 오히려 서글픈 생각이 들었던 이유는 대체 무엇일까?

다음날, 삼촌은 초콜릿 가게 앞에서 피에르를 기다리고 있었다. 그리고 돌아와서는 입가에 미소를 띠며 모든 일이 해결되었다고 했다. 피에르는 샤이유 씨에게 아무것도 알리지 않겠다는 약속을 조건으로 마르시알에게서 돈을 뜯어내지 않기로 했다. 사건은 그렇게 마무리되었다.

아버지는 우리가 그라스로 그만 돌아갈 때가 되었다는 말을 슬슬 꺼내기 시작했다. 떠나는 날이 결정되기를 기다리면서 몽테스팡을 위해 계속해서 일했다. 그녀가 부탁한 〈왕의 향수〉를 여러 병 만들어서 숙모가 만든 예쁜 상자에 가루분, 향유 크림과 함께 담았다. 그리곤 삼촌을 만나러 가서 그 상자를 왕의 애첩에게 전달해야 한다고 말했다. 삼촌은 그제야 내가 기다리던 질문을 해주었다.

"이게 바로 네가 몽테스팡 마님을 위해 만든 향수니?"

삼촌은 향수병을 열었다.

"오렌지와 레몬과 유자…. 이건 정말 대단한데! 마님이 마음에 들어 하셨니?"

"그럼요. 〈왕의 향수〉라는 이름까지 붙였는걸요. 마님은 이 향수를 전하께 드렸어요."

나는 삼촌에게 트리아농에서 산책한 일, 조향실에서 작업했던 일 그리고 왕이 나를 칭찬해 준 일들을 간결하게 전달했다.

"그런데도 넌 그 일에 대해 내게 아무 말도 하지 않았구나!"

"그럴 기회가 없었어요."

"전하께서 이 향수를 쓰신다니! 이건 대성공이야!"

"모두가 만족하시니 저도 기쁘네요."

나는 눈을 살짝 내리깔면서 숙녀처럼 말했다.

삼촌은 들뜬 목소리로 숙모와 아버지를 부르더니, 내가 왕을 위해 향수를 만들었다는 기쁜 소식을 전했다. 모두들 향수의 냄새를 맡아보더니 매우 놀라워하며 한 번씩 뿌려 보고 싶어 했다. 나는 이야기를 다시 시작했다. 숙모는 눈물을 글썽이며 나를 안아주었고, 더욱이 '사랑스러운 딸'이라고 부르기도 했다. 이야기에 흠뻑 취해 있던 아버지는 내 어깨를 톡톡 두들기며 말했다.

"정말 좋구나, 정말 좋아."

복도에서는 조수들과 견습생들이 몹시 놀라워하며 내 성공담에 귀를 기울이고 있었다.

바로 그때, 삼촌이 말했다.

"잔느, 너는 이 향수의 포뮬러를 내게 주어야 마땅하다. 네가 떠난 이후로도 내가 후작 부인에게 계속 이 향수를 댈 수 있도록 말이야."

나는 니콜라의 그 기발한 생각을 즉시 행동으로 옮기기로 했다. 그리곤 마치 안타깝다는 듯 입술을 깨물었다.

"삼촌, 죄송해요. 향수 조제법을 적어놓지 않았네요."

"괜찮다. 내가 종이를 가져 와서 옮겨 적으면 되니까!"

"실은 더 이상 아무 것도 기억나지 않아요!"

갑자기 무거운 침묵으로 모두가 얼어붙어 버렸다.

아버지가 소리를 질렀다.

"농담이지? 잔느!"

"어떻게 그렇게 멍청할 수가 있어, 내 조카가?"

삼촌이 덧붙였다.

나는 삼촌을 바라보았다.

"제가 이 향수를 어떻게 만들었는지 조금도 기억나지 않아요. 하지만 그라스로 돌아가면 혹시 기억을 되찾을 지도 모르겠네요. 단, 마르시알과의 결혼에 대해 어느 누구도 더 이상 말을 꺼내지 않는다는 조건으로 말이에요."

삼촌과 숙모와 아버지 모두, 온갖 수단과 방법을 동원해서 나를 설득하려 들었다. 나는 사흘 동안 방에 갇혀 외출이 금지되었지만, 대신에 잠은 충분히 잘 수 있었다. 별로 빵만 주어졌고, 아버지는 아주 잠깐씩 나를 보러 와서 설교했고, 숙모는 여자에게 있어서 복종의 의무가 어떤 것인지 상기시켰으며, 삼촌은 몽테스팡에게 〈왕의 향수〉를 계속 대줄 수 없게 되는 경우 자신이 입게 될 불명예에 대해서만 말했다.

"그런 일은 생기지 않을 거예요. 제가 그라스에서 삼촌한테 정기적으로 향수를 보내겠다고 약속할게요."

"네가 그 향수의 조제법을 내게 건네주면 더 간단할 것을!"

삼촌이 소리쳤다.

"맙소사, 너 정말 그곳에서 고집불통 계집애가 되었구나!"

그러나 그로부터 일주일 후, 나는 결혼에 대해 아무 말도 하지 않겠다는 약속을 끝내 받아내고야 말았다. 심지어 삼촌은 우리가 집으로 돌아갈 수 있도록 월요일에 출발하는 마차에 두 자리를 예약해 주는 친절도 베풀었다. 내가 이긴 것이다.

20

승리를 만끽할 수 있을 것 같았지만, 쓰디쓴 뒷맛이 내 입가에 남았다. 파리에 머물면서 '오랑주리'에서 일하는 것은 거부했지만, 그렇다고 해서 딱히 그라스로 당장 돌아가고 싶은 건 아니었기 때문이다. 베르사유에서 이런저런 일들을 보고 겪은 다음부터는 단조롭고 무미건조한 그라스에서의 생활은 상상하는 것조차 두려웠다. 하지만 내가 무엇을 어찌할 수 있겠는가! 특히 요즘 들어서는 아버지를 불신하게 되었고 삼촌에 대해서는 더더욱 그랬다. 그래서 마음이 몹시 아팠다.

내가 향수 포뮬러를 잊었다고 말한 다음부터, 숙모는 말을 걸지 않았다. 그래서 식사 시간마저 매우 어색했고 고통스러웠다. 다행히 내게는 일이 남아 있었다. 하지만 나는 천성적으로 긴 시간을 혼자 지내는 편은 못되었다. 아버지는 나를 피했고, 삼촌은 냉정하게 대했으며, 밥티스트나 다른 점원들에게는 친절함을 기대할 수 없었다. 내가 정말 혼자가 된 것 같았다.

포마드를 혼합하는 일에 몰두하고 있던 목요일 저녁, 삼촌이 누군가를 맞이하는 소리가 들렸다. 그는 자신을 '잔느 통바렐리 아가씨를 알고 있는 정원사'라고 소개하면서 "아가씨를 만날 수 있을까요?"라고 물었다. 나는 조향실에서 달려 나갔다. 그 사람은 바로 단정한 머리에 옷을 잘 차려입은 니콜라였다. 우리는 외출 허락을 구했고 삼촌은 마지못해 승낙했다.

니콜라를 다시 만나 반가운 마음으로 길을 나섰지만 막상 할 말이 없었다. 그는 나를 응시하고 있었다. 그의 취향을 알고 있었으므로, 나는 가까운 튈르리 공원으로 산책을 가자고 제안하고서 그에게 드디어 완전한 성공을 거두었다고 말했다. 그러자 서먹했던 분위기도 점차 사라졌다.

"그래서… 근심거리를 덜어냈나요?"

그가 물었다.

"지금은 행복한가요?"

"네, 비로소 행복해졌어요. 비록 완벽하지는 않지만요. 이상하게도 공허함 같은 것이 느껴지네요. 물론 결혼에 대해서 말하는 사람이 이제는 아무도 없으니 마음은 편안해졌어요. 하지만 나머지에 대해서는…, 뭐라 설명해야 할지를 모르겠네요. 나 자신도 이해가 안 되니까요. 니콜라, 왕이 내 향수를 칭찬했던 그날이야말로 내 생의 최고의 날이라고 생각했거든요! 그래서 가장 행복한 순간을 계속 누리게 될 거라고 생각했어요. 하지만…."

1674년 7월, 파리

"하지만요?"

"이번 일이 성공을 거두었다고 해서 내 삶에서 크게 달라진 부분은 없어요. 칭찬을 받았으니 후작 부인을 위해 〈왕의 향수〉를 만드는 일은 계속하게 되겠죠. 하지만 그게 다예요. 난 그라스로 돌아갈 거예요. 아버지도 내가 그러기를 바라시고요."

그 순간, 너무 창피하게도 눈가가 촉촉해지는 것을 느꼈다. 손등으로 눈물을 닦았다.

"미안해요. 내가 어리석죠? 내게 무슨 일이 일어날지 모르니까요."

"당신은 아주 짧은 시간 동안 특별한 일을 정말 많이 겪었군요."

니콜라가 대답했다.

"아마도 좀 혼란스러운가 봐요."

"정말 그래요, 이제는 모든 것이 예전과는 달라요. 가족과의 관계가 달라지면서부터 난 완전히 혼자라고 느껴요. 당신도 그런 일을 겪은 적이 있나요? 그러고 보니, 당신은 자신에 대해서는 별로 말해주지 않네요."

"나요? 아뇨! 난 고독을 좋아하죠. 외로워도 괜찮아요."

나는 웃음을 터뜨렸다.

"정말 멋져요, 니콜라! 당신과 친구가 되다니, 난 정말 운이 좋은 사람 같아요."

미소를 짓고 있는 그가 문득 소년처럼 느껴졌다.

"정말이에요?"

"당연하죠!"

나는 애교스럽게 그의 팔을 툭툭 쳤다. 그리곤 우리는 이런저런 대화를 나누며 계속 거닐었다. 나는 곧 돌아와 달라고 그에게 부탁했다.

"잔느, 그건 어려울 것 같아요. 일이 점점 더 많아질 것 같거든요. 연회가 아직 끝나지 않았잖아요. 일주일 후에 '테아트르 도(분수대 주변 극장)'에서 연회가 열리거든요. 화환과 꽃다발을 준비해야만 해요. '드라공 분수대' 주변에 설치된 특별 무대에서 '아모르와 바쿠스의 향연'이 상연되고, 이어서 불꽃놀이가 벌어질 예정이죠."

나는 짜증스럽게 그의 말을 잘랐다.

"어쨌든 내가 그라스에 있는 동안 편지라도 보내요!"

그는 이마를 찌푸렸다.

"나는 글 쓰는 재주가 없는 걸요!"

"뭐, 하는 수 없죠."

나는 속상해졌다.

"언제고 당신이 멋진 오렌지 나무를 보러 프로방스에 오지 않는다면 우리는 결코 다시 만날 수 없을 거예요."

우리는 어느덧 '오랑주리' 앞에 서 있었다. 니콜라는 모자를 벗고 재빨리 내 볼에 입을 맞추더니 이렇게 말했다.

"잘 있어요. 잔느, 오렌지 나무를 보러…."

"네?"

"정말 보러 가고 싶네요. 잔느, 당신이 보기에 내게 행운이 따를 것 같나요?"

나는 가슴이 먹먹해서 아무 말도 못하고 있었다. 니콜라는 무언가를 말하려다 생각을 바꾼 듯 발길을 돌렸다.

나는 소리쳤다.

"니콜라!"

그는 뒤돌아보지 않았다. 지금 생각해 보면, 바로 그 순간 나는 그가 무척이나 미웠던 것 같다!

떠나는 날이 되었다. 나는 마차에서 아버지 옆에 올라타면서 길고도 고단할 여행을 각오했다. 이번에는 옷가지 정도만 챙겼기 때문에 짐은 금세 실을 수 있었다.

짐을 꾸리면서 예쁜 인디언 천 드레스도 접어서 함께 넣었다. 〈왕의 향수〉 포뮬러가 적힌 소중한 노트를 치마로 정성스레 싸서 꼭꼭 감춰 두었는데, 그것 말고는 베르사유에서 가져온 것이 아무 것도 없었다. 그리고 그 사실을 여행 가방을 닫는 순간 비로소 깨달았다. 꽃 한 송이, 잔가지 하나라도 가져오지 못한 것이 아쉬웠다. 그것을 따다가 말렸더라면 멋진 정원과 조향실에서 보낸 시간들을 가끔씩이라도 떠올릴 수 있을 텐데…. 하지만 이미 때늦은 후회였다. 내 안에 추억을 간직한 채 빈손으로 출발했다.

채찍질을 하자 마차가 움직였다. 모든 것이 끝났다. 나는 파리를 떠나고 있고, 그럼으로써 모험도 끝나가고 있었다. 나는 아름다운 미래가 보장된 조향사로서 빛을 발하는 여자로 다시 돌아갈 것이다. 그라스에서 말이다.

나는 마차가 덜컥거리는 리듬에 맞춰 선잠이 들었다. 삼촌과 숙모를 그리고 우리와 작별 인사를 나누던 그들의 어색한 말투를 떠올렸다. 삼촌은 줄곧 나를 원망했다. 한눈에 봐도 그랬다. 나는 우리가 열정 하나로 의기투합하여 함께 일할 수 있었던 시간이 그리웠다. 우울한 기분을 떨치기 위해 기분 좋은 일들을 생각하려고 애썼다. 엄마와 동생들과 재회하는 모습을 상상했다. 그러자 내 머릿속이 온통 뒤죽박죽이 되었다. 나는 눈을 감았다.

몽테스팡 후작 부인이 금으로 장식된 드레스를 입고 엄마 곁에 나타나서는 김이 모락모락 피어오르는 찻잔을 엄마에게 건넸다. 엄마는 공손하게 허리를 굽히며 말했다.

"마님, 죄송합니다. 저는 초콜릿을 싫어한답니다."

후작 부인이 버럭 화를 내면서 바닥에다 찻잔을 내동댕이쳤지만 엄마는 용케 몸을 피했다. 곧이어 품위가 넘치는 왕이 붉은 대리석 욕조에 앉아 있었다. 니콜라는 손수레에 흰 꽃을 가득 실어 왕에게 가져왔고, 얼굴을 제대로 알아볼 수 없는 귀족 부인들이 두 손에 가득 꽃을 담아 왕이 앉아 있는 욕조 안에 던졌다. 왕은 수많은 장미와 투베로즈에 둘러싸인 채 위풍당당하게 앉아 있었다. 어느덧 꽃이 왕의 어깨까지 차오르자, 그는 손을 번쩍 들어 보이며 말했다.

"충분하다. 됐어! 꽃향기가 몹시 불편하구나."

그때, 마르시알이 어디선가 나타나더니 요란하게 훌쩍거리며 말했다.

"꽃은 엄청나게 많사옵니다! 잔느 통바렐리는 어디에 있나요? 다 그녀의 실수랍니다! 잔느 때문이에요. 잔느의 잘못이라고요!"

나는 소스라치면서 깨어났다. 땀으로 축축해진 등과 의자의 더러운 가죽이 찰싹 달라붙어 있었다. 목이 말랐다. 나는 마르시알에게서 벗어났다. 정말로 자유로운 몸이 된 것이다! 나는 다시 잠이 들었다.

❄

우리는 8월 말쯤 그라스에 도착했다. 가족들은 열렬하게 맞아주었다. 프랑수와즈와 쥘리는 내 품에 안긴 채 떨어지지 않으려 했다. 엄마는 감격스러워했고, 조셉은 그동안 많이 자라 있었다.

아버지는 집을 떠나 다시 돌아오기까지 우리에게 일어났던 자초지종을 늘어놓기 시작했다. 얘기가 베르사유에 이르렀을 때에는 내가 말할 차례가 되었다. 나는 몽테스팡 후작 부인과 왕과 오를레앙 공에 대해 그리고 자신의 처소에 갇혀 지내는 왕비에 대한 자세한 이야기를 시작했다. 이어서 궁궐과 정원 그리고 조향실, 도자기와 파란색 포석, 잼 창고가 있는 트리아농에 대해 마치 그림을 그리듯 이야기를 펼쳐 나갔다. 모두들 내 이야기에 귀를 기울이고 있었다. 여동생들이 눈을 반짝이니 점점 더 흥이 나면서 내 이야기에 스스로 빠져드는 기분마저 들었다. 몽테스팡의 몸짓을 흉내 내기도 하고, 호화로운 연회와 음악회, 그랑 카날을 지나던 배들, 재스민과 투베로즈로 향기로웠던 여름날 저녁의 정경을 생생하게 들려주었다. 스페인 출신의 친절한 펠리파가 어느 누구보다 초콜릿 거품기를 잘 다루던 일, 초가지붕을 닮은 머리를 하고 오렌지 나무에게 말을 걸던 정원사에 대해서도 말했다. 모두가 입을 다물지 못한 채 내 얘기에 빠져 있었다. 왕이 모든 귀족들 앞에서 나를 칭찬한 대목에 이르자, 엄마는 자랑스러움에 복받쳐 참고 있던 눈물을 흘렸다.

❉

나는 우리 향수 가게에서 다시 일하기 시작했다. 하지만 곧 실망했다. 우리 집안의 명성을 드높여 주었던 향수의 포뮬러가 이제는 너무 평범해 보였고, 내가 맡은 일은 단조롭기 그지없었기 때문이다. 조향실에서 일하지 않을 때는 상점 일도 도왔는데, 나는 호기심 많은 손님들을 일일이 응대해야 했다. 내가 베르사유에서 돌아왔다는 소문이 나면서 상점은 한적할 틈이 없었다. 많은 사람들이 연지를 사기보다는 내게 베르사유에 대해 물어보기 위해 왔다.

"잔느, 당신을 다시 만나게 되어 정말 반가워요! 당신이 왕을 만났다고 다들 그러던데, 그게 사실인가요?"

나는 친절하게 응대하려고 노력했지만 실은 정말 지치는 일이었다. 그러나 방문이 점차 뜸해지면서 자연스레 일상적인 생활로 돌아가게 되었다. 나는 지루해졌다. 나는 아버지에게 삼촌의 '오랑주리'에서 만들었던 비너스의 손수건과 미백 로션과 같은 것을 만들어서 그라스의 세련된 멋쟁이들이 좋아하는지 보자고 제안했다. 아버지는 선뜻 동의했다.

나는 파리에 있을 때 적어 놓았던 포뮬러를 꺼내서 다시 일을 시작했다. 그리고 신상품을 내놓자마자 곧바로 엄청나게 좋은 반응이 일어났다! 사람들은 비너스의 손수건과 꽃물을 넣은 식초와 크림을 사기 위해 몰려들었다. 가장 눈부신 성공을 거둔 것은 역시 얼굴 피부를 하얗게 만들어 주는 백합 향 크림이었다. 나는 그것에 '후작 부인의 포마드' 라는 이름을 붙였다. 부모님은 나를 자랑스러워했고 아버지와의 관계도 조금씩 좋아졌다.

10월쯤, 아버지는 삼촌으로부터 한 통의 편지를 받았다. 삼촌은 상점에 관한 소식을 전했다. 삼촌의 사업은 번창하고 있고 〈오 드 포메로즈〉가 상당히 좋은 반응을 불러일으켜서 밥티스트를 도울 조수를 새로 고용할 예정이라고 했다. 베르사유에 대한 언급은 거의 없었지만, 단지 몽테스팡 부인이 잘 지내고 있으며, 오를레앙 공의 바바리아 출신 아내가 아들을 낳았다는 소식을 전해주었다.

그러리라 예상은 하고 있었지만, 실제로 삼촌은 마르시알과 피에르 더욱이 니콜라에 대해서는 전혀 언급하지 않았다. 삼촌은 우리에게 향유와 꽃물, 비누와 포마드를 보내달라고 했는데, 역시 〈왕의 향수〉는 절대 빠뜨리지 않았다.

그렇게 나는 다시 일을 시작했고, 여름 동안 증류해서 저장해 두었던 꽃물 덕분에 향수 10병을 만들 수 있었다. 머리에 바르는 가루분과 〈왕의 향수〉와 똑같은 향이 나는 비누도 함께 넣어서 보내야겠다는 생각을 하게 되었다. 비누가 몽테스팡의 마음에 들 것을 확신했기 때문이다.

아버지는 삼촌에게 보낼 짐 꾸러미를, 나는 몽테스팡에게 보낼 상자를 각각 준비했다.

"이 물건들을 아버지께서 파리로 직접 가지고 가실 건가요?"

나는 아버지에게 물어보았다.

"아니, 이번에는 운송업자에게 맡기련다."

마음이 무거워졌다. 진심으로 다시 떠나고 싶었다. 삼촌을 다시 만나고 싶었다. 불꽃처럼 화려하고 열정적인 몽테스팡에게 내가 만든 것을 직접 전하기 위해 베르사유로 다시 가고 싶은 마음이 간절했다. 그러나 내 바람대로 된 것이 없었다. 결국 짐은 운송업자의 마차에 실렸고, 생활은 원래대로 돌아갔다. 시간은 천천히, 너무 천천히 흘렀다.

21

❁ 삼촌은 짐이 모두 무사히 도착했으며, 몽테스팡 부인에게 물건들을 전달하기 위해 직접 베르사유까지 다녀왔다는 편지를 보내왔다. 몽테스팡은 삼촌이 가져간 크림은 물론이며, 가루분과 비누까지 모두 마음에 들어 했으며, 왕은 항상 내가 만든 향수만 쓰고 있다고 했다! 그러자 어느새, 트리아농 정원에 대한 기억과 함께 그때의 기분마저 모두 되살아나는 것 같았다. 삼촌은 베르사유에서 니콜라를 만났다는 말을 편지의 끝부분에서 아주 짧게 덧붙였다. 니콜라는 내게 안부를 전해 달라면서, 내가 일 때문에 언젠가 파리로 가게 된다면 다시 만나기를 바란다고 했다는 것이다. 편지를 읽고 있으니, 파리와 베르사유에 대한 그리움이 한꺼번에 밀려왔다. 할 수만 있다면, 새처럼 베르사유로 날아가 니콜라와 이야기를 나누고, 몽테스팡을 다시 만나고, 조향실에도 다시 가보고 또한 펠리파도 보러 가고 싶었다.

결코 끝나지 않을 것 같았던 겨울이 지났다. 나는 포마드를 비롯해 로션과 비누를 아주 많이 만들었다. 견습 기간을 마치고 새로운 향수를 구상하는 중이었다. 하지만 어떻게 된 일인지 마음은 별로 내키지 않았다. 전날 밤, 나는 피에르에 대해 생각하면서 지금쯤 그가 나를 잊었을지 궁금했다. 나는 여동생들을 돌보며 시간을 막연히 흘려보냈다.

3월이 되자, 삼촌이 편지를 다시 보내왔다. 재스민 에센스와 오렌지 꽃물이 급히 필요하다는 내용의 편지였다. 아울러 콜베르 씨가 트리아농에 심을 투베로즈의 알뿌리를 도처에서 찾고 있다는 소식도 전했다. 하지만 콜베르 씨가 원하는 것을 과연 우리가 구할 수 있을까? 삼촌은 아버지에게 잠시나마 파리에서 함께 지낼 것을 제안하며, 나도 함께 오면 좋겠다는 말도 덧붙였다. 나는 부모님을 열심히 설득했다. 이번에는 쉽지 않았다. 아버지는 내가 그라스에 남아서 아버지 대신 향수 가게를 맡길 바랐기 때문이다. 하지만 나는 겨울 동안 내 실력이 눈에 띄게 발전했으며, 창고에 쌓아둔 물량만으로도 고객들의 주문을 충분히 감당할 수 있을 것이라고 말했다. 마침내 투베로즈의 알뿌리 200단을 구할 수 있었고, 난 그것을 정성스레 포장했다.

4월의 어느 화창한 날, 드디어 아버지와 나는 이예르에서 마차를 타기 위해 출발했다. 이번에는 무슨 일이 나를 기다리고 있는지 미리 알고 있었기에, 길에서 보낼 기나긴 여정을 감수할 마음의 준비를 단단히 했다. 내 예상이 빗나가지 않았다. 18일 동안 우리는 소나기와 우박을 맞으며 진흙투성이의 길을 지나야 했다.

파리에 도착하니 벌써 4월 말이었다. 흐릿한 하늘에서 쏟아진 비로 거리는 온통 젖어 있었다. 삼촌의 향수 가게에 다시 오게 되어 정말 신이 났다. 진심으로 반갑게 숙모와 삼촌을 포옹했고, 엄마가 그들을 위해 준비한 작은 선물도 전해 주었다. 삼촌과 숙모 또한 상냥하게 맞아주었는데, 작년 여름에 빚어졌던 갈등이 희미해질 만큼 충분한 시간이 흘렀다는 것을 보여주는 듯 했다.

우리는 첫날 저녁 내내, 사업에 관한 얘기를 나눴다. 나는 삼촌에게 후작 부인의 소식을 물어보았다. 삼촌은 왕의 고해 신부가 몽테스팡과 왕의 관계를 흔들어 놓는데 성공한 이야기를 들려주었다.

"두 분은 지금은 만나지 않고 있지만, 전하는 결국 후작 부인에게 다시 돌아가실거야."

삼촌은 덧붙여 말했다.

"모두들 그렇게 생각하고 있어. 후작 부인은 여전히 매우 아름답고 더구나 연적을 가만두지 않을 테니까 말이야. 지금은 때를 기다리면서 베르사유와 새로운 처소인 클라니를 오가며 지내고 있어. 클라니는 멋진 곳인 것 같더군…. 게다가 몽테스팡 부인은 자신의 처지는 아랑곳없이 계속해서 포마드와 향수를 아주 많이 소비하고 있단다. 내일 곧바로 후작 부인에게 물건을 전달하러 베르사유로 갈 예정이다. 잔느, 그동안 충분히 쉬었으니 나와 함께 갈 수 있겠지?"

삼촌과 나는 다시 마차에 올랐다. 이번에는 마차에 짐이 가득 실렸고, 우리는 르보 씨네 들러 잠시 목만 축이곤 단숨에 베르사유에 도착했다. 한 시종이 나와서 투베로즈의 알뿌리가 담긴 궤짝을 우리와 함께 날랐다. 우리는 르부퇴 씨에게 궤짝을 직접 전달해야 했다. 나는 잠시 틈을 타 니콜라를 다시 만나고 싶었다. 그가 나를 보고 깜짝 놀라는 모습을 상상하며 즐거워했다.

우리는 트리아농에 이르는 정원을 가로질렀다. 정원은 여름보다 봄에 훨씬 더 화려해 보였다. 화단에는 강렬한 색깔의 히아신스와 나르시스 그리고 황수선화가 가득 피어 있었다. 삼촌이 뒤편에 있는 작은 건물로 르부퇴 씨를 만나러 간 사이에 나는 니콜라를 찾아 헤매기 시작했다.

그곳이 익숙한 나는 이리저리 활보하고 다녔다. 조향실 앞을 지나다가 시든 꽃들을 파내고 있는 여남은 명의 남자들을 보자마자 내 심장이 갑자기 두근거렸다. 그들 가운데에서 니콜라를 보았기 때문이다. 나는 동료들에게 둘러싸인 그에게 용기를 내어 다가갔다. 그리고는 어찌할 바를 모른 채 그들 중 누군가가 나에게 눈길을 줄 때까지 잠자코 서 있었다. 다행히 니콜라가 금세 나를 알아보고 무리에서 살며시 빠져나왔다.

니콜라와 다시 만나게 되어 정말 행복했지만, 그는 나만큼은 기뻐하지 않는 것 같아 실망스러웠다. 하지만 니콜라가 감정을 표현하는 데 나보다 훨씬 더 조심스러운 사람인 것은 짐작하고 있었다. 그는 조금 난처해 했다. 아마도 다른 정원사들 때문에 그런 것 같았다.

"잔느, 이곳에서 다시 만나게 되나니, 정말 놀랍군요!"

르부퇴 씨에게 투베로즈의 알뿌리를 전달하고, 후작 부인에게 향수를 전하러 왔다고 말했다. 그는 정원에서 자신이 하고 있는 작업에 대한 이야기를 들려주고, 화단도 보여주겠다고 했다. 나는 사람들에게서 벗어나는 것이 좋아서 선뜻 그러자고 했다. 그는 모든 일이 잘 해결된 것인지, 그라스로 돌아간 이후로 어떻게 지냈는지 내게 물었다. 나는 그 기나긴 겨울 내내 견뎌야 했던 권태감에 대해 길게 늘어놓지 않고, 내 근황만 짧게 말했다. 그리고 나서 내가 그에 대해 물어보려는 순간, 어디선가 그를 부르는 여자의 목소리가 들렸다.

"니콜라!"

니콜라는 당황한 웃음을 지었다.

"투와농, 잔느 통바렐리를 소개할게. 작년 여름에 트리아농에서 지냈던 프로방스 출신의 조향사야."

트와농은 매혹적인 입술로 내게 인사말을 건넸다.

"오, 만나서 반가워요!"

1674년 7월, 파리

투와농은 아주 예쁘고 날씬하면서도 금발 머리에 검은 눈을 지닌 우아한 여자였다. 매혹적인 얼굴의 그녀는 실은 베르사유에서 일하는 시녀였다. 그녀는 니콜라의 팔을 붙잡고 애교를 부리며 니콜라와 내내 눈을 맞추고 있었다. 그 또한 즐거워 보였다. 어느새 그들 틈에서 나는 방해꾼이 되어버린 것 같았다. 나는 상냥하게 굴려고 노력은 하지만 천성적으로 애교스럽지는 못하다. 나는 삼촌을 만나러 돌아가야한다고 말했다. 니콜라는 내게 어디에 머무르고 있는지를 물은 뒤 내가 파리로 돌아가기 전에 보러 오겠다고 약속했다. 나는 그 둘만 남겨둔 채 르부퇴 씨의 집까지 걸어갔다. 걷는 내내 정신을 가다듬느라 힘이 들었다.

투와농…, 정말 예쁜 여자다. 그녀라면 니콜라를 차지하는 데 반년도 걸리지 않았을 것이다. 니콜라는 분명히 그녀에게 푹 빠져 있었다. 하지만 어떻게 그를 탓할 수 있을까? 어쨌든 내게 편지라도 써서 미리 알려주든가, 아니면 그 밖에 무언가를 할 수도 있었을 것이다. 나는 생각에 잠겼다. 솔직히 지금껏 그의 눈엔 나만 보이는 줄 알았고, 그런 생각이 나를 우쭐하게 만들었던 것이다. 나는 이미 그에게 익숙해졌다. 그런데 그가 다른 여자에게 빠져있다는 걸 방금 알게 되었고, 어느새 내 마음 속에서 차지하고 있던 그의 자리를 별안간 인식하게 된 것이다. 나는 질투를 하고 있었다!

다시 마음을 가라앉히고 혼란스런 마음을 떨쳐버리고 싶은 마음에 몽테스팡의 처소까지 삼촌을 따라갔다.

우리는 대기실에서 기다려야 했다. 여전히 사치스러운 그곳은 몽테스팡의 세련된 취향을 보여주었다. 하지만 나는 귀족들이 그곳에 더 이상 몰려들지 않는다는 것을 알아차렸다. 몽테스팡이 왕에게서 버림받은 이상, 그녀에게 아첨을 해도 더 이상 얻을 게 없다는 것을 다들 알고 있었기 때문이다.

데죄이에가 우리를 맞아 방으로 안내했다. 몽테스팡 후작 부인은 창문 앞에 놓인 안락의자에 등을 돌린 채 앉아 있었다. 마치 한 폭의 그림 같았다. 옆으로 살짝 몸을 기울인 채, 한 손은 이마에 대고 다른 한 손에는 힘없이 부채를 들고서 상념에 잠긴 모습이었다. 그녀의 발밑에서는 자그마한 개가 졸고 있었다. 우리가 들어오는 소리를 들은 그녀는 우리를 향해 고개를 돌리더니, 가져온 것을 보여 달라고 했다. 삼촌이 몽테스팡에게 향수를 보여주는 동안 나는 그녀를 유심히 살펴보았다.

몽테스팡은 달라져 있었다. 얼굴은 움푹 꺼져 있었고 야위었다. 순간 그녀가 임신했었다는 사실이 떠올랐다. 어느 누구도 차마 입에 올리지 못하는 그 아기는 대체 어떻게 된 걸까? 아기는 궁궐 내에서 자라고 있는 걸까? 그 아기는 루이즈 마리라는 이름의 딸이었고, 7살에 죽었다는 사실을 나중에야 알게 되었다.

후작 부인이 몸을 일으켰다. 점차 활기를 되찾아가고 있는 것 같았다. 그녀는 〈왕의 향수〉 병을 들고 아무 말 없이 나를 응시했다. 갑자기 삼촌에게 자리를 비워달라고 하면서 나는 그대로 남으라고 했다. 삼촌은 허리를 굽혀 인사하고는 방을 나갔다.

우리 둘만 남게 되었다. 몽테스팡은 도도한 미소를 지어 보였다. 나는 어찌 할 바를 몰랐다.

"잔느 통바렐리, 너는 내 궁금증을 풀어줄 수 있겠지!"

나는 말을 더듬었다.

"무슨 말씀이세요, 마님?"

"그래, 나는 네가 그라스로 돌아간 것을 알고 있었다. 그해 여름부터는 네 삼촌이 내가 주문하는 것들과 특히 전하께서 좋아하시는 〈왕의 향수〉를 가져왔지. 하지만 점점 이상하다는 생각이 들더구나"

"마님께서 〈왕의 향수〉에 흡족하셨길 바랍니다. 실은 트리아농에서 이용했던 것과 완전히 똑같은 꽃물을 제가 그라스에서 찾아냈습니다."

"그럼, 그걸 만든 게 바로 너냐? 설마…, 그라스에서 말이냐?"

거짓을 말해봐야 아무 소용없을 것 같았다.

"네, 마님. 제가 주기적으로 그 향수를 보내 드렸습니다. 부족하지 않으셨기를 바랍니다."

몽테스팡은 신경질적인 몸짓으로 내 말을 잘랐다.

"그 문제가 아니다. 네 삼촌이 아니라 프로방스와 같은 촌구석에 있는 네가 어떻게 그 향수를 만들었는지를 설명하란 말이야!"

나는 이유를 대려고 했지만 그녀는 다짜고짜 말을 이었다.

"어디 말해 보려무나, 얘야."

"삼촌은 그 향수를 만들 줄 모르십니다. 제가 삼촌께 알려 드리지 않아서…."

왕의 애첩은 비웃는 듯한 표정으로 그녀의 아름다운 눈을 크게 떴고, 초라해진 나는 말을 계속했다.

"마님, 죄송합니다. 원치 않는 결혼을 피하기 위해 그와 같은 대안을 생각해 낼 수밖에 없었습니다."

몽테스팡의 질문은 이어졌고, 나는 결국 모든 것을 털어놓고 말았다. 그러나 오를레앙 공의 향수와 마르시알의 무능함에 대해서는 입을 다물었다. 그녀는 웃음을 터뜨렸다.

"그래! 너는 자신이 무엇을 원하는지 잘 알고 있는 아가씨로구나! 다른 사람들이 내 행동을 통제하려 들거나 내 삶을 결정하지 못하도록, 그것이 무엇이 되었든 이용할 수밖에 없는 너와 같은 여자를 비난할 수는 없지. 딸은 하찮게 취급되고, 결혼이라는 것은 경우에 따라 처참한 결과를 낳기도 하니까."

나는 침묵했다. 몽테스팡은 내가 대수롭지 않은 사람, 즉 모든 것을 말해도 되는 시녀와 다름없다는 것을 잘 알고 있었다. 따라서 순간 자신의 삶을 떠올리면서 단지 일시적인 충동으로, 자신의 속내를 털어놓았을 뿐이라는 걸 알고 있었다. 시녀의 말과 생각 따위는 중요치 않기 때문이다. 그녀는 계속했다.

"잔느, 네게 조언하겠다. 바라는 걸 얻기 위해서는 너 자신만 믿어야 한다. 그리고 만일 네가 가는 길을 막아서는 어떤 사람을 만나게 된다면 포기하지 마라. 결코 포기하지 말고 싸워야 해!"

그녀는 시선을 돌려 허공을 응시하며 이마를 찌푸렸다. 그리고 중얼거렸다.

"나는 말이야, 절대 포기하지 않고 싸울 거야."

1675년 4월, 베르사유

22

몽테스팡이 내 눈을 뜨게 해 주었다. 나는 결심했다. 니콜라를 다시 만나서 그에게 말해야 한다. 내가 그에게 느낀 것을 말해 줘야 한다. 그를 투와농에게서 되찾아오기에 너무 늦지는 않았을 것이다! 시간이 조금 밖에 남지 않아 나는 초조해졌다. 베르사유에서 지낼 수 있는 시간은 그날 저녁뿐이었고, 다음날이 되면 다시 파리로 떠나야했다.

삼촌은 후작 부인이 어째서 나와 따로 얘기하고 싶어 했는지 물었다. 나는 향유 크림에 대한 얘기를 나눴다며, 그럴듯한 말로 둘러댔다.

"이제 후작 부인의 일은 끝났다."

삼촌은 말했다.

"내일 르부퇴 씨를 다시 만날 생각이다. 그 분이 내게 트리아농에 필요한 식물들의 목록을 건네주기로 했거든. 그리고 나면 우리는 파리행 마차를 다시 타는 거야."

벌써! 가슴이 답답해졌다. 출발을 늦추려면 어떻게 해야 할까? 몽테스팡을 다시 만나러 가서 나를 시녀로 삼아 이곳에 머물게 해달라는 부탁을 해볼까 하는 생각도 했다. 하지만 그런 터무니없는 생각은 금세 떨쳐버렸다. 그러고는 삼촌과 함께 시내로 돌아갔다. 르보 씨네까지 가는 시간이 오래 걸리는 덕분에 나는 충분히 고민할 수 있었다. 투와농의 애교 넘치는 미소와 고양이처럼 살살 녹이는 자태가 떠올랐다. 나는 떠나지만 그녀는 매일 니콜라를 보러 가겠지! 내가 그녀를 제치기는 어려워 보였다.

르보 씨 부부는 호감이 가는 사람들이었지만 나는 수다를 떨 기분은 아니었다. 그래서 피곤하다는 핑계를 대고 아이들과 함께 부엌에서 식사를 했다. 아침 식탁에서 막내 아이를 무릎에 앉히고 이야기를 들려주고 있는데, 하녀가 와서 나를 만나러 온 사람이 있다고 알려주었다. 니콜라였다. 그의 손에는 꽃다발이 들려 있었다.

"당신이 건네주었던 주소가 있어서 인사하러 올 수 있었어요."

그는 작은 소리로 중얼거렸다. 나는 니콜라에게 감사의 인사를 했고 그는 내 옆의 의자에 앉았다. 내가 먼저 말을 꺼냈다.

"내일 파리로 떠나요."

"벌써요? 정말 아쉽군요."

그는 말이 없었다. 나는 무슨 말부터 꺼내야 할지 몰랐다.

"투와농은 아주 매력적이더군요."

"그래요! 투와농은 정말 열심히 일하고 언제나 기분을 좋게 해주는 여자에요."

나는 웃고 있었지만 속으론 살짝 짜증이 났다.

"니콜라, 당신은 마치 투와농의 주인이라도 되는 양 그녀에 대해 말하는군요! 차라리 투와농이 아주 예쁘고 당신 마음에 든다고 말하는 편이 더 솔직할 텐데요."

"그렇지 않다고 말하지는 않겠지만, 어느 조향사 아가씨가 만약 프로방스에 살지만 않는다면 기꺼이 그녀를 더 좋아할 거예요!"

그 말 한마디에 내 마음이 완전히 녹아 버렸다.

"그게…정말이에요?"

니콜라는 약간 민망한 듯 미소를 지으며 말없이 고개만 끄덕였다.

"하지만 당신은 그간 단 한 번도 소식을 전하지 않았잖아요. 나를 만나러 오지도 않았고요! 난 당신이 그렇게 해주길 너무나 바라고 있었는데!"

순간 얼굴이 화끈 달아올랐다. 니콜라는 몸을 숙이며 내 손을 잡았다.

"잔느, 당신과 헤어지면서 나는 툴롱에 갈 수 있을 거라 생각했어요. 콜베르 씨가 베르사유와 트리아농에 심을 꽃을 댈 수목원을 툴롱에 만들게 했거든요. 그가 툴롱의 상황을 살펴보는 임무를 맡기고 정원사들을 파견할 계획이라고 다들 말하곤 했죠. 그리만 된다면 나도 그라스에

갈 수 있으리라 생각했어요. 하지만 기다려봐야 소용없는 일이었어요. 어떠한 결정도 내려지지 않았고, 결국 겨울 내내 베르사유에 남아야 했죠."

"만약 그렇게 되었더라면 시간이 그렇게 길게 느껴지지도 않았을 거예요. 어쨌든 당신 옆에는 지금 투와뇽이 있는 거죠?"

그는 고개를 돌리며 한숨을 지었다.

"잔느, 너는 또 다시 떠날 거잖아. 그러니 난 말이지…, 생각을 좀 해봐야 할 것 같아."

우리는 부엌에서 오랫동안 이야기를 나누었고, 그러는 내내 그는 내 손을 놔주지 않았다. 그가 나를 '너'라고 부르며, 이제 막 무언가가 자라나려고 하는 것 같은 그 느낌은 감미로웠다. 하지만 곧 소식을 전하겠노라고 약속하면서 그가 떠나갈 때, 나는 너무나 슬픈 나머지 눈가에 눈물이 고였다.

다음날, 삼촌을 따라 마지막으로 트리아농에 갔다. 삼촌에게는 르부퇴 씨를 만나서 마무리해야 할 일이 남아 있었기 때문이다. 우리는 르부퇴 씨의 집으로 찾아가 콜베르 씨가 트리아농에 심으려는 꽃들에 대해 그와 오랫동안 이야기를 나누었다.

"툴롱 지역의 수목원에는 알뿌리가 충분하지 않습니다."

르부퇴 씨는 설명했다.

"자, 이것이 우리에게 필요한 식물들의 목록입니다. 만약 당신이 그라스에서 히아신스를 비롯하여 나르시스와 투베로즈를 보내줄 수 있다면 정말 고맙겠습니다."

그들의 대화는 간신히 들릴 듯 말 듯 했다. 나는 꿈을 꾸듯, 니콜라를 찾아보겠다는 막연한 희망으로 창밖을 흘끔흘끔 내다보았지만, 그는 보이지 않았다. 갑자기 세 사람이 다가오는 모습이 보였는데, 그중의 한 사람은 꽤 중요해 보였다. 문을 두들기는 소리가 났고, 하녀가 와서 콜베르 씨가 도착했다고 알렸다!

삼촌과 르부퇴 씨는 급히 일어났고, 우리 셋 모두 콜베르 재무관에게 인사했다. 비록 그를 전에 만난 적은 없었지만, 그가 신중하고 근엄한 사람이라는 평판은 이미 들은 바 있었다. 그는 위엄이 있어 보였고, 간소하면서도 맵시 있는 옷차림을 하고 있었다. 르부퇴 씨는 우리를 그에게 소개하고는 나갈 채비를 하라고 속삭이듯 말했다. 그때 콜베르 씨가 우리를 막았다.

"그대로 있어도 돼요. 조향사의 의견도 도움이 될 것이오. 특히 프로방스 사람인 경우에 그렇소. 르부퇴 씨, 나는 트리아농의 꽃 장식 비용에 관한 당신의 회계 장부를 보고 싶소."

르부퇴 씨가 재무관에게 장부를 보여주는 동안 우리는 말없이 그대로 서 있었다. 콜베르 씨는 장부를 훑어보았다. 이따금씩 그가 질문을 하고, 르부퇴 씨는 대답했다. 재무관을 따라온 두 남자는 무언가를 열심히 적고 있었다. 이어서 장관은 삼촌에게 그라스에서 무엇을 재배하는지, 재스민 향 에센스, 투베로즈 크림, 장미 꽃물, 오렌지 꽃물은 얼마나 생산하는지를 물었다.

"나는 향수 산업이 발전하기를 바라오. 그래서 꽃식물의 재배를 장려하는 것이오. 당신이 사는 지역은 꽃 재배에 매우 적합한 것 같소."

장관은 몇 가지 세부적인 사항을 더 물어보더니 자리에서 일어났다. 그는 나가기 전에 르부퇴 씨에게 말했다.

"나는 정원사 몇 명을 포함한 시찰단을 프로방스로 보낼 것이오. 그 임무를 수행할 사람들을 구해주길 바라오."

내 심장이 마구 뛰었다. 니콜라가 말했던 바로 그것이다! 반드시 그가 뽑혀야 한다!

❊

　파리로 돌아오자마자, 나는 니콜라에게 편지를 써서 콜베르가 구상하고 있는 내용을 전했다. 니콜라는 최선을 다하겠노라고 즉시 회신했다. 그러는 사이, 아버지와 나는 그라스로 돌아가는 마차에 올랐다. 새로운 짐, 새로운 작별 인사, 새로운 출발이었다. 끊임없는 변화들이 나를 즐겁게 했다. 나는 단 한 번도 금으로 휘감은 사치스러운 베르사유에서 영원히 살기를 바란 적이 없었다. 그라스에서의 삶이 약간 지루하긴 했지만, 그 두 곳을 오가며 지내는 편이 내게는 이상적이었다. 그럼으로써 모험과 환상의 세계에 보다 더 가까이 접근할 수 있었다.

　그라스에 도착한 이후, 나는 새로운 열정을 불태워 일하기 시작했다. 5월이었다. 장미가 그해 들어 처음으로 꽃봉오리를 피우고, 패랭이꽃과 재스민이 싹을 틔웠다. 나는 새로운 눈으로 들판을 바라보며, 하루 빨리 이 모든 것을 니콜라에게 보여주고 싶은 마음이 들었다. 5월 말이 되자, 나는 마침내 편지 한 통을 받았다. 니콜라가 툴롱을 향해 출발했으며, 머지않아 그라스에 오게 될 날만 손꼽아 기다린다는 것이다! 떨 듯이 기뻤다. 그날 이후 나는 니콜라가 향수 가게에 발을 디딘 6월의 그날 아침까지 오로지 기다림 속에서 살았다.

내가 〈오 데 장쥬〉 향수병을 정돈하고 있을 때 그가 왔다. 내 이름을 부르는 그의 목소리를 알아듣고는 소스라치게 놀라 그만 향수병을 떨어뜨렸다. 병이 완전히 산산조각이 나면서 요란한 소리를 냈다.

"니콜라, 정말 행복해!"

"내가 온다고 약속했잖아."

그는 분주하게 일하고 있던 점원들의 호기심 어린 시선을 받고 있는 것을 깨닫고는 어색하게 내 볼에 입을 맞추었다. 헝클어진 그의 금발 머리와 미소, 나를 바라보며 기쁨에 빛나는 그의 눈을 다시 보게 되자 감격에 겨웠다. 그는 다른 세 명의 숙련된 정원사들과 함께 임무를 띠고 왔으며, 일주일 동안 그라스에 머물 것이라고 했다. 하지만 차분하게 이야기를 나누기는 쉽지 않았다.

느닷없이 아버지가 나타나 니콜라와 인사를 나누고는 그에게 엄마를 소개하겠다고 했다. 엄마는 니콜라를 집으로 초대해서 마실 것을 주었다. 어디선가 동생들이 튀어 나오더니, 낯선 사람에게 관심을 보이며 질문을 던졌다. 나는 니콜라가 우리 가족으로부터 후한 대접을 받는 모습을 보니 기분은 좋았지만, 그와 단둘이 있고 싶은 마음에 애가 탔다. 마침내 환영 의식이 끝나자, 니콜라는 아버지에게 물었다.

"잔느에게 꽃밭을 보여 달라고 부탁해도 되겠습니까? 잔느가 꽃이 아름답다고 얼마나 자랑을 하던지 저도 빨리 보고 싶습니다."

그렇게 해서 나는 니콜라와 팔짱을 끼고 시내를 벗어날 수 있었다.

비로소 우리 단둘이 있게 되었다. 그는 내 소식을 물었고, 나는 못 견디게 하고 싶었던 질문을 그에게 던졌다.

"투와농은 어떻게 지내고 있어?"

그는 미소를 지으며 나를 힐긋 바라보았다.

"내가 알기로 그녀는 잘 지내. 이제는 투와농을 안 만나. 그것을 알고 싶었구나."

나는 무심한 척 했지만 실은 말할 수 없이 기뻤다. 니콜라는 내 예상대로 꽃밭에 열광했다. 오렌지 나무 앞에서 그는 가만히 있지 못 했다. 오렌지 꽃을 어루만지고, 싹을 관찰하더니, 잎들을 자세히 살펴보기 위해 내 팔을 풀었다. 그는 매우 감탄하며 이 나무에서 저 나무 사이로 분주히 왔다 갔다 했다.

"잔느, 정말 환상적이야. 오렌지 나무들이 온실의 보호 없이도 이렇게 굵고 튼튼하게 자랄 수 있다는 것은 상상조차 못 했거든! 그리고 이 패랭이꽃들은 정말로 생명력이 강하군! 들판이 남쪽으로 배치된 거야?"

그리고 그는 마냥 그러고만 있었다. 물론 나도 니콜라의 기분은 이해했다. 하지만 그는 오로지 나만 바라보며, 나에게만 신경을 써야 했다. 니콜라가 꽃 앞에서 내게 달콤한 말을 속삭이며 포옹하는 장면을 꿈꾸곤 했다. 정말 그러길 바라고 있었는데! 하지만 내 사랑 니콜라는 그저 오렌지 나무의 줄기만 쓰다듬고 있었다. 나는 속상하고 서글퍼져서 그라스로 혼자 되돌아갈 작정으로 발길을 휙 돌렸다. 그리고는 애써 품위 있는 자태를 유지하며 걷고 있는데 니콜라가 급히 달려왔다.

"잔느, 무슨 일이니? 어디 불편한 거야?"

"전혀 아니야. 그저 내가 있으나 마나 한 존재인 것 같아서!"

그는 내 손목을 잡고 끌어당겼다.

"내가 꽃밭에만 정신이 빠져 있어서 그러니, 잔느? 넌 네 여동생들보다도 더 잘 토라지는구나!"

그는 호탕하게 웃으면서 말했다.

"네가 그렇게 뾰로통해도 좋아. 난 불만은 없어. 넌 정말 멋대로라니까!"

나는 대답하지 않았다. 그의 냄새를 맡고 있었다. 니콜라에게서 보리수와 꿀 그리고 나무 향기가 났다. 그는 내 생각을 알아차린 듯 나를 품에 안고 키스했다. 긴, 아주 긴 입맞춤이었다. 키스를 마치면서 그가 속삭였다.

"아직도 있으나 마나 한 존재라고 느끼는 거야?

"아주 조금. 니콜라, 다시 떠나야해? 난 우리가 늘 이렇게 헤어지는 게 싫어. 난…."

그는 손등을 내 입술에 갖다 댔다.

"쉬잇, 그만 좀 생각해!"

"생각하지 말라고? 니콜라, 네 손이 까칠까칠 하네."

"정원사들 손은 모두 그래! 내 손이 거친 것에 마음 쓰지 않았으면 좋겠어. 난 네가 만든 크림을 손에 바를 생각은 없으니까."

나는 그의 손을 잡고 자세히 들여다보았다.

"정말 그렇게 될지는 두고 보면 알게 될 걸!"

대답 대신 그는 내 목덜미에 키스했다.

1675년 6월, 그라스

23

나는 니콜라와 멋진 한 주를 보냈다. 우리는 생각보다 서로 닮은 구석은 별로 없었다. 그는 아주 생각이 깊었고, 나는 상당히 충동적이었다. 우리는 서로의 차이를 마주하고 놀라기도 하고 재미있어 했다. 그는 모든 것을 분석하는 반면, 나는 감정에 충실했다. 나는 그를 끊임없이 놀라게 하고, 웃게 했다. 그는 처음 만났을 때부터 내게 몹시 끌렸다고 고백했다. 그러나 나와 함께 할 수 있는 기회는 결코 오지 않으리라 그는 혼자 생각했던 것이다. 나는 '이럴 수가!' 하며 탄성을 내지를 수밖에 없었다. 그에 대한 첫 인상을 떠올리기가 조금 미안했다. 니콜라가 너무 진지해서 유머 감각이 전혀 없는 사람이라 여겼다. 사실 그때, 나는 피에르 외에는 아무도 거들떠보지 않았다.

임무를 마치고 떠나야 할 날이 다가오자, 그는 아버지를 만나러 와서는 결혼을 승낙해 달라고 했다! 두말할 것도 없이 나는 그에게 버럭 화를 냈다. 그가 결혼에 대한 말을 한 번도 꺼낸 적이 없었기 때문이다. 하지만 내 사랑 니콜라에게는 화를 내는 나를 무장해제하는 특별한 재주가 있었다!

"내가 점잖게 행동하면 네가 좋아할 거라 생각했어."

그는 어린아이처럼 천진난만한 얼굴로 말했다.

"네가 예의바르다는 걸 알아, 니콜라. 하지만 우리는 결혼에 대해 이야기를 나눈 적이 없잖아! 이해해줘. 네가 청혼을 했다면 난 정말 감격했을 거야. 하지만…."

"그럼, 내 청혼을 받아들이는 거니? 네 아버지는 승낙하셨어."

"물론이야. 하지만 우리 어디에서 살지?"

현실적인 문제를 내가 언급하자 니콜라는 늘 하던 대로 대답했다.

"그 문제에 대해서는 생각해 볼게."

비록 나를 화나게 만들기는 했지만, 그는 정말이지 사랑스러운 남자였다. 더욱이 그는 그 문제에 대해 아주 진지하게 생각했다. 그는 콜베르 씨에게 그라스 언덕에 오렌지와 재스민을 재배하겠다는 야심찬 계획을 제시했다. 또한 아버지의 도움을 받아 양지바른 곳에 비옥한 토지를 임대했다. 그는 아주 많은 일들을 해내었고, 마침내 7월 말에는 베르사유에 작별을 고하고, 콜베르 씨와 나의 부모님과 르부퇴 씨로부터 축복을 받으며 그라스에 정착했다.

우리는 8월 말에 결혼했다. 결혼식 날, 나는 장밋빛 실크 드레스를 입었다. 몽테스팡의 아름다운 드레스와 차마 비교할 수는 없었지만, 그렇다고 해서 그녀의 자리와 내 자리를 바꿀 생각은 추호도 없었다. 나는 너무나 행복했다! 화창한 날씨 속에 마을 전체가 축제 분위기였다. 여동생들도 즐거워했고, 음악이 울려 퍼지자 우리는 춤을 추었다. 나는 니콜라에게 프로방스의 전통 춤을 가르쳐 주었다. 결혼식 전날, 나는 〈왕의 향수〉를 그에게 건네면서 이렇게 말했다.

"자, 이제부터 이 향수의 주인은 두 사람이야. 왕과 자기!"

결혼식을 치르고 나서 몇 달이 지난 뒤, 우리는 베르사유에 갔다. 니콜라는 르부퇴 씨에게 히아신스와 나르시스의 알뿌리를, 나는 후작 부인에게 향수 10병과 크림을 각각 전달해야 했기 때문이다.

몽테스팡을 잠시 만났을 때, 그녀는 새로운 연지가 있는지 내게 물어보았다. 그녀는 여전히 아름답고 당당해 보였다. 그녀의 대기실도 다시 사람들로 북적거리고 있었는데, 그녀가 왕의 총애를 다시 받아 영예로워졌다는 증거였다. 방을 막 나가려는 내게 몽테스팡이 물었다.

"네가 결혼했다는 얘기를 들은 것 같다. 그는 너의 취향에 맞는 사람이더냐?"

나는 얼굴을 붉히며 대답했다.

"매우 그렇습니다, 마님."

몽테스팡은 내게 미소를 지었다. 그 순간, 서로의 시선이 교차했다. 우리는 서로를 이해한 것이다. 지금까지도 나는 짧았던 그 공감의 순간을 기억 속에 고이 간직하고 있다. 그것은 가장 소중한 나의 보물들 중 하나이다.

니콜라는 동료들 속에서 많은 시간을 보냈다. 트리아농의 정원으로 그를 만나러 가는 길에 그곳에 있던 나르시스의 화단 앞에서 나는 몹시 심한 메스꺼움을 느꼈다. 내가 항상 좋아하던 그 향기를 갑자기 참을 수 없었던 것이다. 순간 내가 아기를 가진 것을 알아차렸다. 바로 첫째 딸 엘리자베스를 임신한 것이다.

아기를 가진 나는 몹시 예민한 시기를 지냈다. 향수가 내게 너무 강하게 느껴지는 바람에 거북했고 예민했던 후각이 무뎌지자, 한동안 일에서 손을 완전히 놓을 수밖에 없었다. 귀중한 나의 '재능'을 다시 되찾지 못할까봐 몹시 불안하고 초초했다! 만일 내가 능력을 영영 잃어버린다면, 나는 어떻게 될까? 니콜라가 그래도 나를 사랑할까? 향수 가게는 어떻게 될 것이며, 무엇보다 〈왕의 향수〉는 누가 만든단 말인가? 다행스럽게도 엘리자베스가 태어난 지 사흘이 지나자마자, 나는 익숙한 향기를 다시 맡게 되었고 후각 능력도 점차 회복되었다. 아기의 특별한 내음, 달콤한 꿀 향기와 응고된 우유 냄새, 촉촉한 배내 옷 냄새를 맡으면서 감격스러워했다. 염려했던 바와 달리, 나는 엘리자베스와 장밥티스트 그리고 마리옹을 돌보면서 기쁨을 느꼈다. 세 아이들 중에서 장밥티스트가 집안의 천부적 재능을 물려받아 향수 가게에서 일하게 되고 통바렐리 집안의 명성을 이어갔다.

니콜라는 매우 빠른 속도로 그라스의 생활에 적응했다. 그의 억양이나 그라스에서는 유별난 그의 머리색을 가지고 사람들이 공연히 짓궂게 건네는 농담도 여유 있는 태도로 잘 넘기곤 했다. 그는 오렌지 나무 재배에 아주 멋지게 성공했다. 그가 심은 수많은 나무들은 틀림없이 100년이 넘도록 잘 자라날 것이다.

우리는 정기적으로 파리와 베르사유에 가서 몇 주를 보내곤 했는데, 그럴 때면 아이들은 엄마가 돌봐줬다. 아버지가 사업에서 물러난 이후로는 내가 삼촌과 직접 거래를 하는데, 삼촌과 나는 아주 잘 통했다.

피에르 롬므가 어느 날 갑자기 아무도 모르게 파리를 떠났다는 소식을 접하게 되었다. 파리에서는 그가 오를레앙 공의 시녀들 중 한 명과 함께 영국으로 도망갔다는 소문이 돌고 있었다. 그는 어여쁜 마리에트를 데리고 떠났을 것이며, 나는 그 두 사람이 함께 행운을 찾았기를 기원했다.

장 샤를 마르시알은 어떤 기사의 딸과 결혼식을 올리고 곧 마음의 안정을 되찾았다. 그는 어느 날 우리를 초대해서 자신의 어린 아내를 소개했는데, 그녀는 마르시알만큼이나 우둔해 보였고 겉으로만 고상한 척하는 여자로 보였다. 물론 그녀의 아버지가 파산했기 때문에 마르시알과의 결혼을 승낙했을 것이다. 이미 예견된 일이지만, 철없는 마르시알 부인은 남편이 별 볼일 없는 집안 출신이라는 점을 심각하게 문제삼기보다는 마르시알의 향수 가게에서 벌어들이는 돈을 마구 썼다. 그의 향수 가게는 점차 손님이 줄어든 반면에 삼촌의 가게는 번창했다.

파리를 다시 찾을 때마다 나는 늘 행복하다. 하지만 가장 큰 감동을 느끼는 곳은 역시 베르사유 궁과 트리아농 정원이다. 매번 똑같은 감동과 환희를 주기 때문이다. 하지만 1687년, 왕은 '그랑 트리아농'을 부수고, 대신에 웅장한 대리석 건물을 짓게 했다. 그 건물이 아름답기는 하지만, 그보다는 내가 14살 때 보았던 경이로운 '중국식' 청화자기로 뒤덮인 단아한 궁궐이 여전히 더 좋아 보였다.

나는 삼촌에게 결코 〈왕의 향수〉의 조제법을 알려 주지 않았다. 오직 나만이 그 향수를 만들 수 있었다. 아들 장밥티스트가 향수 가게를 물려

1675년 6월, 그라스

받았을 때, 오직 그 아이에게만 내 향수의 비법을 알려 주었다.

왕은 향수를 남용하다가 향수에 대한 과민반응이 일어나는 바람에 그 어떤 향수도 못 쓰게 되었지만, 그가 무척이나 사랑했던 오렌지 꽃으로 만든 향수만은 예외였다. 그러다 보니, 귀족들은 향수를 더 이상 쓰지 못하게 되었다. 반면, 아름다운 몽테스팡 부인은 왕에게 7명의 아이들을 낳아 주고도 그의 총애를 잃었는데, 심지어 비열한 독극물 사건에까지 연루되어 불명예를 안고 베르사유를 떠나야만 했다. 왕의 마음에서 몽테스팡의 자리를 대신한 것은 보잘 것 없는 가문의 미망인으로서, 근엄하고 신앙심이 깊은 멩트농 부인이었다. 그런데 왕이 멩트농과 비밀리에 결혼했다는 소문이 간혹 들리기도 했다.

시간이 흐르고 시대가 달라졌지만, 라르브르섹 거리의 다비드 샤이유 초콜릿 가게는 프랑스에서는 유일하게 초콜릿을 구입하고 시음도 할 수 있는 곳으로서 오랫동안 자리를 지켰다. 나는 니콜라에게도 그 초콜릿 가게를 알려 주었다. 그리하여 파리에 머무를 때면, 우리는 그곳에 들러 초콜릿 한 잔을 맛보는 즐거움을 함께 만끽하곤 했다.

부록

루이 14세 시대의 향수와 화장품
- 청결 유지를 위한 필수품

* 향수

17세기에는 매우 자극적인 향수가 인기를 끌었다. 따라서 동물에서 유래한 향료로 만든 향수가 주를 이루었다. 특히 호박, 사향, 사향고양이의 향 등이 사랑 받았다. 그렇다고 해서 은은한 향을 내는 꽃에서 추출한 향수가 외면 받은 것은 아니다. 장미꽃, 오렌지 꽃, 투베로즈 꽃과 재스민 꽃을 기본으로 만든 향수도 사랑 받았기 때문이다. 특히 루이 14세는 오렌지 꽃 향수의 마니아였던 것으로 알려져 있다. 그가 말년에 향수에 대한 과민반응이 생겼을 때조차 쓸 수 있었던 유일한 향수가 바로 오렌지 꽃 향수라고 한다.

이 사실에 대해, 왕의 이복동생인 팔라틴 공주는 이렇게 말했다. "왕은 향수를 맡자마자 온몸에 땀투성이가 되고 머리에 통증을 느꼈다. 그래서 즉시 종이를 태워 그 향기를 없애야 했다."

당시에는 일상생활에서 다양한 용도로 향수를 사용했다. 몸에 직접 사용한 것은 물론이고, 머리카락에 바르는 가루분과 의복, 부채, 손수건, 가발, 장갑 심지어 담배에까지도 향수가 사용되었다. 집에서는 향을 태우거나 실내 방향제를 사용하고, 화장대를 덮는 천도 향기롭게 했다.

* **목욕과 청결함**

   이 문제에 관한 역사가들의 의견은 분분하다. 대개는 루이 14세 시대의 궁정 사람들이 불결했기 때문에 몸에서 나는 나쁜 냄새를 감추기 위해 향수를 많이 사용했다고 한다. 하지만 보다 섬세한 접근이 필요하다. 당시 사람들이 목욕을 두려워한 것은 사실이다. 물을 통해서 병이 전염될 수 있다고 확신했기 때문이다! 하지만 루이 14세 시대가 되면, 목욕에 관한 사람들의 인식에 또 다른 흐름이 포착된다. 루이 14세는 욕조의 물을 데우는 온갖 탕비시설을 갖춘 훌륭한 욕실을 사용하기 시작했기 때문이다. 그 당시 귀족과 부르주아 역시 욕실을 사용했으리라 미루어 짐작할 수 있다. 이 소설을 통해서도 직·간접적으로 표현된 바와 같이, '유행을 왕실이 주도하고 귀족과 부르주아가 그것을 뒤따라 가는 양상을 보였기 때문이다.

   목욕이라 함은 대체로 에틸알코올이나 향기로운 식초에 담근 천으로, 혹은 이 소설에서 비너스의 손수건*으로 몸을 문지르는 것이었다. 그리고 깐깐한 사람들은 그 천을 자주 교체했다.

---

* 오늘날 셀룰로오스를 가지고 만든 작은 수건과 같은 것.

화장실과 같이 민감한 문제에 대해 말하자면, 흔히 알려진 사실과는 달리 베르사유엔 화장실이 있었다. 하지만 그 개수가 충분치 않았다고 보는 것이 맞다. 그래도 궁정 사람들은 좌변기를 사용할 수 있었지만, 다른 이들은 각자 요령껏 해결해야 했던 것이다. 정원과 궁궐은 평민들에게 개방되었기에 늘 사람이 북적거렸는데, 심지어 복도나 공원에서 용변을 보는 이들도 있었다.

* 아름다움

당시 사람들은 피부에 대한 관심이 아주 많았는데, 뽀얗고 생기 있는 피부를 선호했다. 얼굴을 생기발랄하게 보이기 위해 광대뼈에 하얀색 연지, 붉은 색 연지를 이용했으며, 얼굴에 애교 점이나 작은 반창고 조각을 붙여서라도 조금이라도 더 뽀얗게 보이려고 했다.

애교 점은 당시에 인기가 아주 많았다. 처음에는 둥근 모양이었다가 점차 별 모양, 꽃 모양, 초승달 모양의 형태까지 등장했다. 의도에 따라 애교 점의 위치도 달라졌다. 정열적으로 보이고 싶은 여자는 애교 점을 눈 가까이에 붙였고, 육감적으로 보이고 싶은 여자는 입가에 점을 붙였으며, 애교스럽게 보이려는 여자는 입술 위에 점을 붙였다. 쾌활하게 보이고 싶은 여자는 보조개에 점을 붙였고, 신중하게 보이고 싶은 여자는 턱에 애교 점을 붙였다.

오늘날 우리들과 마찬가지로 당시 사람들 역시 햇볕에 피부를 그을리는 것을 염려했는데, 귀족 부인들의 경우 작은 양산으로 햇빛을 가렸다. 얼굴 피부색을 위한 크림들은 대개 피부를 생기 있게 보이게 하고 주름살보다는 오히려 여드름과 잡티를 제거하기 위해 사용되었다. 또한, 머리를 손질하는 데에도 향기 나는 가루분을 발랐다.

> **TIP 향기로운 립밤 만들기**
>
> ① 신선한 버터 4온스와 밀랍 1온스를 함께 넣어 잘 녹인다.
> ② 숟가락으로 적포도의 씨앗을 으깬 후에 15분간 끓인다.
>   포도 씨를 제거하려면 질 좋은 리넨에 포마드를 발라 걸러내면 된다.
> ③ 걸러진 내용물에 오렌지 꽃물을 두 스푼 넣은 다음, 다시 끓인다.
> ④ 커다란 막자사발에 카카오 열매류인 아르칸나를 으깨어
>   약간의 오렌지 꽃물과 함께 용해시킨 후, 포마드에 쏟아 붓는다.
> ⑤ 골고루 섞인 포마드를 불에서 내려서 다시 냉각시킨다.
> ⑥ 작은 용기에 립밤을 넣어두면 약 2년간 보관 가능하다.
> 이렇게 만들어진 립밤은 색상도 매우 좋을 뿐만 아니라, 갈라지고 튼 입술에 효과적이다.
>
> (시몽 바르브Simon Barbe, 『프랑스의 조향사』 중에서 발췌.)

옮긴이의 말

사람을 만날 때 대개는 외모가 먼저 우리의 시야에 들어오기 마련이다. 다행히 서로의 첫인상이 강렬했던 경우라도, 만남이 계속되지 못한다면 그 모습은 이내 희미해지고 만다. 하지만 그날 마셨던 커피의 향, 상대방에게서 풍겼던 비누 향내 혹은 향수, 그가 들고 있던 신문지의 인쇄 냄새는 세월이 흐른 후 뜻밖의 순간, 시간 저편에 가라앉은 기억을 떠오르게 하는 신비한 연결고리가 된다. 〈향수의 요정〉은 바로 그런 예민한 후각을 지닌 조향사 잔느의 재능과 사교계의 요구가 어우러져 빚어내는 독특하면서도 매혹적인 이야기라고 할 수 있다.

　소설의 배경은 루이 14세 시대다. 베아트리스 에제마르가 호기심에 찬 잔느의 시선으로 당시 파리의 유행을 한눈에 훑어보듯 스케치했다면, 소설의 주요 무대인 베르사유에 이르러서는 초상화를 그리듯, 아름다운 정원에서의 사랑과 함께 권력의 그 미묘한 관계까지 세밀하게 조명하고 있다. 그리고 그 중심에 '향수'의 세계가 자리한다. 철없는 시골 소녀가 새로운 향수를 만들면서 세상과 사랑에 눈을 떠가는 그 풋풋한 과정이 베르사유의 크고 후원와 미로, 온갖 꽃들의 향연 속에서 펼쳐진다. 그런가하면 궁정의 세계, 루이 14세의 여성 편력과 향수에 대한 열정이 또 다른 축을 형성한다.

이 책은 문체가 비교적 간결하고 사건과 공간의 이동이 연속됨으로써 박진감 있는 속도로 전개된다. 그러면서도 그 안에 담긴 향수의 역사, 사교계의 패션 경향과 유행, 궁중의 세계와 사랑, 일에 있어서의 여성의 상황, 베르사유의 세계 등, 어떤 것 하나 그냥 지나칠 수 없는 내용들로 가득하다. 이야기는 잔느가 만들어야 하는 두 가지 향수에 무게중심을 두고 있다. 이미 존재하지만 조제법이 알려지지 않은 향수와 그 어떤 것과도 비교할 수 없는 독특하면서도 깊이가 있는 향수. 그 향수는 어떤 향기일까? 손끝과 코끝의 섬세한 감각을 살려 책장을 넘기다보면 마지막 장에 이르렀을 때에 우리는 어느덧 작가가 아니, 잔느가 전해주는 향기를 느낄 수 있을 것이다.

첫 느낌은 신선하되 뒤이어 강렬한 인상으로 사로잡는 향수의 미묘함을 표현하는 일과 마찬가지로, 원어에 담긴 뉘앙스를 자연스럽게 살리는 작업은 여전히 쉽지 않다. 그럼에도 프랑스어의 미묘한 차이를 일러주며 도움을 준 세브린(Severine) 선생님에게도 이 자리를 빌려 감사드린다.

2015년 6월

옮긴이

향수의 요정

1판 1쇄 발행   2015년 6월 22일

지은이	베아트리스 에제마르
옮긴이	박은영
펴낸이	이윤정
펴낸곳	책, 세상을 굴리다
기획	조청현
편집	송주연
디자인	박소민, 김경석
출판등록	제 251000-2013-000061호
주소	152-842 서울특별시 구로구 공원로 3, 611 (구로동, 선경오피스텔)
대표전화	02-861-0363, 0364
팩스	02-861-0365
이메일	lingercorp13@gmail.com
블로그	http://blog.naver.com/lingercorp13
페이스북	http://www.facebook.com/lingercorp13
ISBN	979-11-951779-6-7 (03860)

* 이 도서의 국립중앙도서관 출판예정도서목록(CIP)은 서지정보유통지원시스템 홈페이지(http://seoji.nl.go.kr)와 국가자료공동목록시스템(http://www.nl.go.kr/kolisnet)에서 이용하실 수 있습니다. (CIP제어번호: CIP2015015890)

* 이 책의 저작권은 저자에게 있습니다.
* 서명에 의한 저자와 출판사의 허락 없이 내용의 전부 혹은 일부를 인용하거나 발췌하는 것을 금합니다.
* 책값은 표지 뒤에 있습니다.
* 파본이나 잘못된 책은 구입처에서 바꿔드립니다.